伊勢海老恋し

料理人季蔵捕物控

和田はつ子

時代小説文庫

角川春樹事務所

本書は、時代小説文庫（ハルキ文庫）の書き下ろし作品です。

目次

主な登場人物

季蔵（としぞう）　日本橋木原店「塩梅屋」（あんばいや）の主。元武士。裏の稼業は隠れ者（密偵）。

三吉（さんきち）　「塩梅屋」の下働き。菓子作りが大好き。

瑠璃（るり）　季蔵の元許嫁。心に病を抱えている。

おき玖（く）　「塩梅屋」初代の一人娘。南町奉行所同心の伊沢蔵之進（いざわくらのしん）と夫婦に。一児の母。

烏谷椋十郎（からすだにりょうじゅうろう）　北町奉行。季蔵の裏稼業の上司。

お涼（りょう）　烏谷椋十郎の内妻。元辰巳芸者（たつみ）。瑠璃の世話をしている。

おしん　漬物茶屋みよしを切り盛りしている。船頭の豪助（ごうすけ）と夫婦。一児の母。

田端宗太郎（たばたそうたろう）　北町奉行所定町廻り同心。岡っ引きの松次（まつじ）と行動を共にしている。

長崎屋五平（ながさきやごへい）　市中屈指の廻船問屋の主。元二つ目の噺家松風亭玉輔。

嘉月屋嘉助（かげつやかすけ）　柳橋にある菓子屋の主。季蔵と湯屋で知り合う。

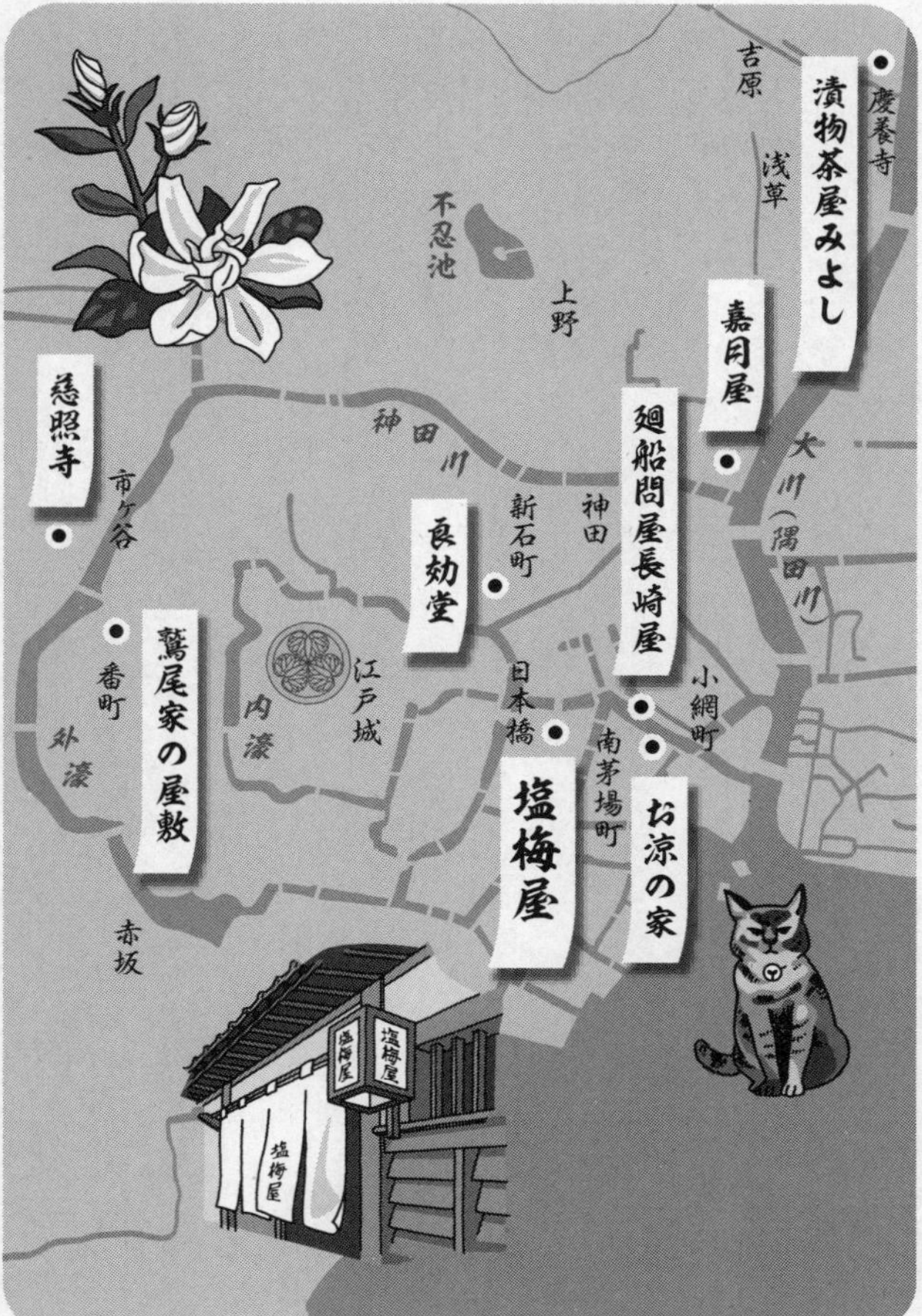

地図製作／コンポーズ　山﨑かおる

第一話　捨て鰹《がつお》

一

江戸の水無月《みなづき》は皐月《さつき》末の川開きに続く賜氷《しひよう》の節《せつ》（氷室《ひむろ》御祝儀）で始まる。

この日の夜、日本橋《にほんばし》は木原店《きはらだな》にある一膳飯屋《いちぜんめしや》の主《あるじ》季蔵《としぞう》は、客たちを送りだして手伝いの三吉《さんきち》に暖簾《のれん》を仕舞わせ、帰らせた後も居残っていた。

昼過ぎに届けられてきて開いたとたん、目に眩《まぶ》しかった文《ふみ》と稀有《けう》な届け物が気になっていたからである。季蔵はもう一度文を読んで思案していた。文には以下のようにあった。

食用金箔《きんぱく》が手に入りました。多少なりとものお裾分《すそわ》けです。面白く使ってみてください。

嘉月屋嘉助《かげつやかすけ》

塩梅屋《あんばいや》季蔵様

金箔は折り畳まれた文の間に挟まれていた。送り主の嘉月屋嘉助は季蔵が湯屋《ゆや》で知り合った菓子屋の主で、三度の飯よりも菓子作りが好きな男だった。

思案していたのは、滅多に手に入らない金箔を使った最高の料理はないかと、思いを巡らせたからである。

まずは黒い色が目に浮かんだ。加賀《かが》の高価な輪島塗《わじまぬ》りには、漆《うるし》を重ね塗った黒や赤の地に、贅沢《ぜいたく》にも金箔がふんだんに使われた絵柄が描かれている。

――そう考えると煮た黒豆の一粒一粒に松葉を通して、揉《も》んだ金箔をそっとのせれば、それ一品で目を瞠《みは》る突き出しにはなる。けれども、黒豆はやはり正月のもののような気がする。今の時季のものとなると――

季蔵は改めて金箔に見入った。

――川面《かわも》に集まる蛍《ほたる》の光のようではないか？――

なつかしさが胸にこみ上げてきたのは、許嫁《いいなずけ》だった瑠璃《るり》と一緒に蛍狩りに行った時のことを思い出したからであった。

――鷲尾《わしお》家の裏手には蛍がよく集まる小川があった――

武士だった頃《ころ》の季蔵は堀田《ほった》季之助《としのすけ》と名乗っていた。堀田家は代々、九百石取りの旗本鷲尾家に仕えてきている。先代の主鷲尾影親《かげちか》は長崎《ながさき》奉行を務めたほどの器であったが、嫡男の影守《かげもり》は放蕩三昧《ほうとうざんまい》を越えて、悪行の数々を犯した挙げ句、影親を亡き者にしようとして相討ちとなって共に果てた。

影守の悪行の一端によって堀田季之助、瑠璃の運命は狂わされた。瑠璃に横恋慕した影守に陥れられた季之助は自害を迫られて出奔《しゅっぽん》、重臣であった瑠璃の父が責任を取って自害、瑠璃は兄重蔵《じゅうぞう》が家督を継ぐことを条件に影守の側室《そくしつ》となった。

時が過ぎて、季蔵は影親、影守親子の相討ちの場となった雪見舟に、奇《く》しくも料理人として乗り合わせ、鍋《なべ》料理を振る舞うこととなった。折りしも影守は瑠璃を伴って来た。心身ともに弱り切っていた瑠璃は、主家の親子間での凄惨《せいさん》な殺し合いと季蔵との再会を受け止めきれず、深く重い心の病を得た。一時、瑠璃は心の傷が身体《からだ》をも弱らせて危うかったが、何とか死線だけは乗り越えてきていた。

とはいえ、瑠璃の言葉はまだ少ない。季蔵のことも時折、元の名の季之助様と呼ぶことはあるものの、決して今の町人名では呼ばない。けれども、いつしか瑠璃には主に季蔵と関《かか》わってだが、常人には見えないものを見たり、先を予知する力が備わってきていた。そのおかげで季蔵はたびたび危機を脱してきている。

――わたしたちはたしかな絆《きずな》で繋《つな》がっている――

季蔵の支えはその想《おも》いだけであった。金箔を見ていて、蛍が好きだった瑠璃と交わしたこんなやり取りを思い出した。

蛍狩りに出向いた暗がりで、

「どうして蛍が光るのか、知ってますか？」

突然、瑠璃が訊《き》いてきた。

人を含むあまたの生き物同様、雄《おす》と雌《めす》が出会って子孫を残すためだとはわかっていたが、それを口にするのは恥ずかしくもあって、

「敵に襲われた時、相手を驚かせて逃げ延びるためではないのかな?」

季蔵はあえて肝心な応《いら》えをしなかった。

すると瑠璃は、

「ものの本によれば、あのようにきらきらと夜空を飛んでいるのは雄の蛍で、雌の蛍はほら、あそこ——」

近くの草むらを指差した。ぽつぽつと光があった。ただし、川面の上を飛び交っている雄たちのものよりもずっと弱々しい光だった。

「あらあら」

瑠璃は、つと間近にあった木に手を伸ばして、木の葉の上に止まっていた雌蛍を捕らえて、

「ちゃんと光らないと駄目よ、雌らしく光ってないと、赤い糸で結ばれているお相手に見つけてもらえないの、わかってるでしょ?」

掌《てのひら》に載せた雌蛍にそっと息を吹きかけた。

そのとたん、雌の光がぱっと蘇《よみがえ》り、

「さあ、頑張って」

元の場所に戻した。

実を言うとこの時の季蔵はこうしたやり取りや瑠璃の所作に艶《えん》なものを感じていた。思い出すと胸の辺りが切なくざわついた。

――思えば春の野に出ての草摘みや秋の紅葉狩《もみじが》り等の時に見せていた、無邪気な少女のような瑠璃の様子とは異なる、成熟した女を感じさせた瞬間だった。わたしは川面を力の限り飛び交う雄蛍で、瑠璃は草むらや木の葉で運命の相手を待ち受ける雌蛍、ごく近くに居合わせているようで出会うのはむずかしい――

そう思ったとたん、季蔵は金箔を使った菓子を思いついた。

まずは嘉助から三吉が伝授を受けた小倉羹《おぐらかん》を思い出し、見様見真似《みようみまね》で作り始めた。小倉羹とは生上菓子に使われる羊羹《ようかん》である。炊き上げた小豆《あずき》を煉《ね》り羊羹に仕上げる寸前に取りだし、砂糖蜜《みつ》に漬ける。水分が多いので煉り羊羹に比べて口当たりが柔らかだった。

これを用意した茶筒型の抜き型の底に敷き詰めてみると、漉《こ》し餡《あん》と漉した汁粉《しるこ》の二層に分かれた。

――思った通り、これで川底が出来た。次は涼しげな水や水辺の美しさが表せる錦玉羹《きんぎよくかん》だな――

季蔵は錦玉羹作りに入った。これも小倉羹同様嘉助から三吉を介して作り方を知った。寒天を溶かし砂糖を加えて煮詰め、冷やし固めた夏向きの菓子が錦玉羹であった。

煮詰めた状態の錦玉羹を小倉羹の上にそっと載せつつ、茶筒型の抜き型の中に細かく千切った金箔を散らしていく。この時、竹串《たけぐし》等を使って、きらきらと光る無数の蛍の光のように巧みに美しく散らし、井戸にて冷たく冷やす。

――まるでこの出来上がりの様子は川面に映る雄蛍たちの雌蛍を誘う連舞のごとくにも、また、雄雌の別なく川底で暮らし続ける、まだ幼虫の蛍たちの光のようにも見える。川底での蛍の幼虫たちこそ、光ることで敵を撃退しているのだろう――

季蔵は金箔が散らされていなければ何とも地味すぎるこの菓子が、自分と瑠璃の楽しかった思い出そのものに感じられた。金箔使いはそんな思い出の真骨頂のようにも思われる。

――この菓子の名は〝蛍想い〟としよう――

塩梅屋で朝を迎えた季蔵は蛍想いを岡持《おかもち》に入れ、瑠璃が世話を受けている南茅場町《みなみかやばちょう》のお涼《りょう》の家へと向かった。

「おはようございます。よくおいでになってくださいました」

凛《りん》とした面持ちで背筋がしゃんと伸び、紗《しゃ》の藍《あい》無地の地に白い燕《つばめ》が描かれた着物を、すっきりと着こなしている大年増《おおどしま》が迎えた。このお涼は長く北町奉行の烏谷椋十郎《からすだにりょうじゅうろう》の内妻である。武家の養女を経て正妻になろうとしないのは、元辰巳《たつみ》芸者で今は長唄《ながうた》の師匠として生計を立てているお涼の意地と心意気であった。

「お武家の養女になってまで正妻になりたくないんですよ。それじゃ、芸者で生きてきた今までが恥だったたってことになるでしょう？　あたし、そんなこと、爪《つめ》の垢《あか》ほども思っちゃいないんですから」

一度だけ、ほろ酔いのお涼が洩《も》らしたのを季蔵は聞いたことがあった。

「夏菓子を作ってきました。瑠璃は起きていますか？」

季蔵は岡持を掲げながら用向きを告げた。

「とっくに起きておいでです。瑠璃さんときたら庭がたいそうお好きですからね、このところはお花だけではなく、虫なぞにも惹《ひ》かれているようです。蜂や蟻《あり》、蝶《ちょう》なんかと戯れていてね、不思議にも蜂や蟻が瑠璃さんの掌の上で一休みするのよ。あたしは針のある蜂が刺したり、蟻が嚙《か》みつくじゃないかって、気が気じゃないんですけど、そうでもなくてね。瑠璃さん、虫たちと話が通じるんじゃないかって思えるほどよ。ところで季蔵さんが作ったっていうお菓子の名は？」

「〝蛍想い〟とつけました」

季蔵は照れ臭そうに告げた。

「あら、蛍って虫よ。季蔵さんと瑠璃さん、やっぱり強い絆があるのだわね」

「そう言っていただけるとうれしいです」

季蔵が頭《こうべ》を垂れると、

「さあさ、こちらへ」

お涼は瑠璃の居る座敷の縁側へと招き入れた。

二

瑠璃の居る座敷には床の間に椿《つばき》、朝顔、菊、蓮《はす》、福寿草《ふくじゅそう》等の紙花が並んでいて、それらを守ってでもいるかのように猫の虎吉《とらきち》が座っていた。虎吉はその名に反して茶と黒が混じり合っているサビ猫の雌である。威風堂々とした勇猛な顔つきは到底、雌猫には見えず、恋の時季にも雄猫を近づけようともしない。

もともと野良だったのが足しげくこの家に通っているうちに瑠璃になつき、飼い猫となってからは命を賭《と》して毒蛇から瑠璃を守り通したこともあった。

この時、瑠璃は染物屋から分けてもらったさまざまな植物を使って、紙花用の染料を作っている最中であった。

菊や福寿草の黄色系には刈安《かりやす》や梔子《くちなし》等、牡丹《ぼたん》、撫子《なでしこ》の赤系には茜《あかね》、紅花《べにばな》等、青系の紫陽花《あじさい》、露草には蓼藍《たであい》、矢車草等が欠かせない。

一口に黄色系と言っても刈安や梔子とでは色味が異なる。たとえば刈安は緑味が潜んでいる黄色で赤味を含んでいないため、藍と混ぜると鮮やかな緑色となる。白い小さな花をつける紫草の根からは紫水晶にも似た高貴な紫色を作り出せるが、なにぶん紫根は高価なため、上流階級の着衣に用いられ、紙花の菖蒲《あやめ》や花菖蒲《はなしょうぶ》には使えない。紙花用には蓼藍と紅花を混ぜる割合を変えることによって出来るさまざまな色合いの紫色を用いる。紫色にほんの一、二滴、紅花の赤を垂らすと桜色や桃色が出来る。

──これほど多くの美しい色に出会うことのできるこの手仕事は瑠璃に似合う──

季蔵は作り出される染料と、一心不乱に打ち込んでいる瑠璃の懸命な表情を交互に眺めて安堵《あんど》のため息をついた。ただし瑠璃は季蔵の方を見ようともしない。

「これが始まると瑠璃さん、とにかく夢中で──」

お涼がとりなし、虎吉はにゃあと鳴いて挨拶《あいさつ》代わりなのか、瞬時、季蔵の膝《ひざ》に飛び乗って元の場所に戻った。

そのまま、半刻《はんとき》（一時間）ほど見守っていると、一段落したのか、瑠璃は手を止め、お涼が染料にまみれた手を洗うための小盥《こだらい》と手拭《てぬぐ》いを運んできた。そして、瑠璃の手洗いを手伝った後、

「瑠璃さん、大事なお方からいただきものをしましたよ。今の時季にぴったりのお菓子ですもの、きっとお好きでしょう」

木匙《きさじ》を添えられた〝蛍想い〟が載った盆を瑠璃のそばに置いた。危険なものではないとわかっている虎吉は、ちらとその盆の方を見ただけで動かない。

季蔵は瑠璃の表情と盆の上の〝蛍想い〟を期待の目で見つめていた。

──一緒に蛍狩りに行った時のことを思い出してくれるといいのだが──

すると突然、

「ああっ、嫌っ」

瑠璃が小さく叫んで蹲《うずくま》った。即座に虎吉が駆け寄り、季蔵に向かって、威嚇《いかく》するかのよ

うにニャーオと鳴いた。

「嫌っ、嫌っ、嫌っ」

瑠璃は連呼した。

――まるで気に染まぬ男に言い寄られて、自分を守ろうとしているかのようだ――

季蔵は唖然《あぜん》とした。

「瑠璃、わたしだ、堀田季之助だ」

季蔵が近づくと、瑠璃は蹲ったまま、ううと苦悶《くもん》の呻《うめ》き声を上げ、虎吉はニャーオオと今にも飛び掛かってきそうな高い声を上げた。

「虎吉、大丈夫よ、大丈夫だからね」

お涼が季蔵と虎吉の間に割って入り、

「根を詰めすぎたのでしょう、少しお休みにならないと」

瑠璃を立ち上がらせて身体を支え、廊下を歩き、二階の瑠璃の部屋へと続く階段を上った。もちろん虎吉もついていく。立ち止まって振り返ると、おまえはついてくるなといわんばかりに、季蔵にニャーオオと耳にきーんと響く脅《おど》し鳴きをした。

これにはさすがの季蔵も負けて、お涼が二階から戻ってくるのを待った。

――いったいどうしてなのか？　川底を模して土色にも見える小豆羹の地味な色が気に入らなかったのだろうか？　それでも蛍の光のごとく、万遍なく散っている金箔はどんな色よりも華麗で派手派手しいはず。それとも、かつてわたしと行った蛍狩りは思い出したくないことなのか？――

しばし落ち込んだ気持ちでいると、

「瑠璃さん、落ち着きましたよ」

お涼が階段を下りてきた。

「床を延べ横になってもらいました。やはり、疲れたのだと思います」

「それほど瑠璃は疲れやすいのですか？」

季蔵は気に掛かった。

「好きな紙花や染料作り等、一つのことを淡々と続けているぶんにはそうでもないのです。かえって食が進んでいいみたいなのですけど、人の訪れとか、二つ目をこなさなければならないとなるとお疲れのようです」

季蔵にはお涼が気を遣《つか》って、好きでもないことを二つ目と置き換えて話したのがわかった。

――実はわたしの訪れなど瑠璃は望んでいないのでは？――

季蔵の心はさらに沈んだ。

「虎吉は？」

一瞬虎吉が妬《や》けた。

――たかが猫ではないか――

「二階で付添っています」

「そうですか」

季蔵は妬心《としん》を恥じて目を伏せた。

「あの虎吉のことなのですけどね、旦那《だんな》様の知り合いに品川《しながわ》宿の方がいらっしゃるのです。大店《おおだな》の米屋のご主人で代々、鼠獲《ねずみと》りのお役目を果たす猫を飼われてきたそうです。そのうちにたいそうな猫好きとなり、見た目が可愛《かわい》い猫に凝ったこともおありとのことでしたが、隠居暮らしを前にして、家の守り神になりそうな賢い忠義猫を探しているらしいのです。虎吉にぴったりなので、譲ってはどうかと旦那様から相談を受けております。季蔵さんはどう思いますか？」

お涼は季蔵の顔をじっと見つめた。

「虎吉には毒蛇撃退の武勲があります。そればかりではなく、あのように瑠璃になついて守っておりますし、瑠璃も猫とはいえ心を通わせているように見えます。今、ここで引き離すのは可哀想《かわいそう》です」

季蔵は自分の感情を抑えて言った。

「わたしは虎吉と瑠璃さんよりも、季蔵さんと瑠璃さんが距離を縮めてほしいと思っています」

「わたしたちにはわたしたちでなければ結び合えない絆があると信じています」

お涼は瑠璃が何度となく、摩訶不思議《まかふしぎ》な予知、察知の力で季蔵の関わっている事柄の真相に迫り、直面している危機を救ったことを知っているはずであった。

「それはよくわかっています。けれども、男女はそれだけでは済まぬもの、会えた時にはせめて寄り添って、よかったと微笑《ほほえ》み合いつつ、穏やかな時を過ごすべきだとあたしは思います。切羽詰まった時だけの絆では細すぎます。あたしならつまらないわ」

お涼は危うく睦《むつ》み合うべきだと言いかけて赤面し、その言葉を呑《の》み込んだ。気がついた季蔵は、

「それに虎吉は普通の猫の力を超えています。品川に貰《もら》われて行っても帰ってきそうですよ」

さらりと笑って躱《かわ》した。

一般的に猫は人にではなく家につくと言われていて、行動範囲が狭く限られている。

「わたしはここから遥《はる》か離れたところで虎吉に会ったことがありました。瑠璃の想いを受けた虎吉が助けに来てくれたのだとわたしは思っています。あの時、虎吉に助けられていなければ、今頃《いまごろ》、どうなっていたか――。虎吉にはわたしも恩義があります。わたしに虎吉を追い出すことなどできるはずもありません」

季蔵は苦く笑って立ち上がった。

帰路、瑠璃が〝蛍想い〟を忌《い》んだ他の理由を考えていた。

――わたしとの蛍狩りの思い出とも関わりはないのかもしれない、今、これから起きる凶事との因縁《いんねん》では？――

虎吉に助けられた時のことと相俟《あいま》って、これはもしかして新たな危機の訪れではないか

と思えてきていた。

楓川《もみじがわ》が見えてきたところで、わざと角を曲がった。背後に気配を感じていたからである。思った通り、気配はついてきている。足音も聞こえてきた。

尾行《つけ》てくる足音がだんだん大きくなる。

近くに普請場《ふしんば》があるのか、材木が所狭しと高積みされている。お上が決めた五尺（約一・五メートル）を明らかに超えている。

――襲ってくるなら今か？――

季蔵が後ろを振り向いたとたん材木がガラガラと音をたてて崩れてきた。ひょいと躱したものの季蔵の背中に向かって突進してきた男は体勢を崩し、

「うわーっ」

前にのめって悲鳴を上げた。そして崩れた材木の下敷きになった。

三

季蔵はもう振り向かずに前へと力の限り走った。

――襲おうとした者たちは少なくとも二人、いや三人はいた。材木の下敷きになった男の髷《まげ》は侍のものだった。まだ仲間は残っていて、さらにこちらを狙《ねら》ってくるかもしれない

――

塩梅屋に帰り着くと三吉が賄《まかな》いの支度をしていた。

「ご飯、炊いてないから豆腐を買って、素麺《そうめん》の豆腐《とうふ》炒《いた》めにしようと思ってるんだけど」

すでに三吉は木綿豆腐を水切りして、素麺を固く茹《ゆ》で上げてある。

「それは有り難い、頼む」

季蔵は井戸から冷たい水を汲《く》み上げて柄杓《ひしゃく》で呷《あお》るように飲んだ。走り通したせいか、まだ息切れが止まらない。

「走ってきたの？」

「寝坊したものだから」

「寝坊？」

三吉は目を丸くした。

「ああ、つい気が緩んだ」

季蔵は苦笑した。

――蛍想いを作った後、片付けをしておいてよかった。お涼さんのところからの帰り道、襲われたことなど三吉には伝えられない。きっと自分のことのように怯《おび》えるだろうから。それと瑠璃がこの菓子を忌んだのは、わたしの身に降りかかる禍《わざわい》を予知したゆえなのかもしれないし。あの菓子と襲撃は関わりがありそうだ――

「珍しいね、季蔵さんらしくない」

「すまない」

季蔵は頭を掻《か》いて見せて、

「どうも今日は朝から締まらないな。こうなったら、素麺の豆腐炒めはわたしがやろう」

季蔵は裏庭に植えてある青紫蘇《あおじそ》を採りに行き、賄いを拵え始めた。

素麺の豆腐炒めは深めの鍋に胡麻油《ごまあぶら》を馴染《なじ》ませ、まずは崩した豆腐を炒める。そこにみじん切りにした青紫蘇を入れる。煎《い》り酒で味を調えてから、茹でた素麺を入れて強火で一気に炒め上げる。四季を通じて手軽にできる一品だが、秋冬は小松菜、春は春菊等時季の青味を使う。ただただ淡さっぱりしている冷やし素麺とは異なり、これ一品で充分腹が満ちる。

「これは油素麺とも言って、遥か遠くの薩摩国《さつまのくに》（鹿児島県）から伝わったものだと、先代のとっつぁんは日記に書いている。実際には市中にある薩摩藩江戸屋敷から広まったのだろう。薩摩国にはどこが伝えたのかというと、薩摩領の奄美大島《あまみおおしま》等の南の島々だそうだ。いつ食べても美味《うま》いが、琉球《りゅうきゅう》にもこれに似た料理があるとのことだから、南の国で生まれたとすると、暑い夏が一番なのではないかと思う」

季蔵は素麺炒め事始めの話をした。塩梅屋の初代主長次郎《ちょうじろう》は料理法やそれにまつわる見聞を事細かく日記に記して遺《のこ》してくれていた。

「おいら、ずっと前からどうしてだろうって思ってたんだけど、素麺って七夕には欠かせないってことになってるよね。なぜなんだろう？　教えてよ」

「これもとっつぁんの受け売りだと初めに断っておく。素麺事始めは海を隔てた隣の大国で、あちらでは索餅《さくべい》、こちらでは麦縄《むぎなわ》と言ったものだった。小麦粉と米粉を混ぜて練り合わせ縄のようになったところを、茹でたり、油で揚げたりしたものらしい。こちらに伝わったのは千年以上も前だというから、昔昔のことのようだ」

「それが七夕食いになった理由は？」

「伝説によればそれよりも遥か昔、隣の大国で帝《みかど》の嫡子が幼くして七月七日に病死、鬼神になって流行病《はやりやまい》をもたらした。そこでその子の霊を鎮めるために大好物だった索餅を供えたことから、素麺が七夕に欠かせないものとなって根付き、こちらにも伝わったのだという」

「索餅って縄に似てたっていうと太いよね。なんで今みたいに細い素麺になったの？」

「隣の大国では年月を経て鬼神供養の索餅故事に、天の川を渡って一年に一度しか会えない織姫《おりひめ》、彦星《ひこぼし》の悲恋伝説が加わり、こちらには織姫、彦星伝説だけが伝わったのではないかと思う。哀《かな》しみの織姫が操る糸は白くて細い方が似合う。それにするすると啜《すす》れる麺は夏や暑さに向いている」

「たしかにね、七夕って、どこの家の屋根も花が咲いたみたいに綺麗《きれい》で夢があるよね」

江戸市中の七夕飾りは各家の屋根に立てて祀《まつ》るように飾るのが普通であった。

「七夕飾りでとっつぁんの添え書きを思い出した。織姫、彦星の悲恋伝説だけが伝わったのではなく、完全に鬼神供養が除《の》けられているわけではないのだという。その証《あかし》に七夕が終わると、願い事を書いて笹竹《ささたけ》に吊《つる》した短冊や華やかな飾り物等を焼いたり、川に流したりするだろう？　あれはやはり厄除《やくよ》けだと思うと書かれていた。梅雨時《つゆどき》や夏は今のこの江戸でも、遥か昔の大国や昔昔のこの国でも流行病が闊歩《かっぽ》する時季だ。特に食と関わっての疫病には気をつけないとな」

　季蔵の話は長次郎の日記に倣《なら》って、この時季の料理人戒《いまし》めで締め括《くく》られた。

　それから何日か、季蔵はある人物たちが訪れるのを待った。ある人物たちというのは、北町奉行所定町廻《じょうまちまわ》り同心田端宗太郎《たばたそうたろう》とお手先として働いている岡《おか》っ引《ぴ》きの松次《まつじ》であった。客ではないこの二人は昼間、不意に塩梅屋を訪れて、お役目の特権で飲み食いしていく。

　季蔵がただの料理人で塩梅屋の主なら迷惑千万な話なのだが、先代から受け継いだのは塩梅屋だけではなかった。長次郎は北町奉行烏谷椋十郎の配下にあって、隠れ者として秘《ひ》密裡《みつり》に市中の事件の調べに関わっていたのである。季蔵にとって塩梅屋の主は表の顔であり、裏の顔は敵に気づかれれば、いつ殺されるかわからない密偵なのだった。

　――材木の下敷きになって果てたあの者の骸《むくろ》はどうなったのだろう？――

　季蔵は常に市中の警護を念頭に事件と関わっているはずの田端と松次から、危うく自分が命を落としかけたあの一件について知りたくてならなかった。

　――あのままにしてあったとしたら、人気のない道ではあっても通る者は居て、必ずや番屋に報《しら》せ、田端様や松次親分の知るところとなるはずなのだが――

　季蔵の頭からはあの一件がこびり付いて離れない。しばし、あの時のことに思いがいってしまい、心ここにあらずになっていたのだろう、

「季蔵さん、こんなに置いていかれた鰹《かつお》のサク、どうすんの？」

三吉に声を掛けられた。

季蔵は船頭の豪助《ごうすけ》を介して漁師たちと知り合い、時季の魚を届けてもらっている。料亭などではない一膳飯屋なので、大漁過ぎて売れ残りそうな魚が届けられるのがほぼ常だった。

「鰹のサク、ひい、ふう、みい、よお、いつ、むう、なな、やあ、ここのつ、とお――十本もある。これだけあっても、同じ鰹だっていうのに、初鰹のサク一本分にもならないんだからねえ」

三吉は大きなため息をついた。

江戸っ子の初鰹好きは女房を質に入れても食うべきだとされているほどで、どうしてもという客の要望があると塩梅屋でもこれを買って、供している。それが〝目には青葉山ほととぎす初鰹〟とある新緑の頃で、この時季を過ぎると鰹はぴたりと人気がなくなる。熱狂的に好まれ、たかだか鰹ごときに恐ろしいほどの高値がつくのは脂が少ない初鰹だからであった。

梅雨から夏にかけて、近海を泳いで脂をたっぷりと貯《たくわ》え、図体《ずうたい》が大きい上、沢山獲《と》れる鰹はもはや高級食材ではない。初鰹買いの時、大きな図体の鰹を皆で買って分け合うに際して、自分のところの分は少しでも身を多くと願って目を光らせていたのが嘘《うそ》のようである。

今時分はたかだか鰹ごときとなり、鯖《さば》同様脂の多いせいで傷みやすく、売れないで鮮度の落ちたものは棄《す》てることさえある。

そんな鰹を季蔵は筒切りきじ焼きにして供していた。筒切りきじ焼きは胴を一寸（約三センチ）ほどの輪切りにして、腹から背に抜けるように四本ほど串を打つ。火加減は七輪《しちりん》の焼き網の高さを加減して強火の遠火を保つ。まずは両面に胡麻油を塗って白焼きにしてから、厚い身の芯《しん》まで火が通るよう、じっくり時をかけて焼いていく。八分通り焼けたところで醬油《しょうゆ》をかけながらつけ焼きにする。

付け合わせは酒で豆腐を煮込んだ煮抜き豆腐、薬味にはもみじおろしを添える。もみじおろしは大根に鷹《たか》の爪を差し込んでおろすのだが、それが手間なら、簡単に一味唐辛子《とうがらし》を混ぜるだけでも間に合う。

この筒切りきじ焼きの難点は、

「一度美人だよな」

常連客である履物屋の隠居で食通の喜平《きへい》の言に尽きる。

「一日美人、一度っきり美人ってやつだよ。時季に一度くらいは美味いが何度も食いたいとは思わない。とかく顔だけ美人は思ったほど味に深みのない大味で、一日一緒に居るだけで飽きるっていうだろ。あれだよ、あれ」

季蔵とて何とかこの筒切りきじ焼きを使った料理を工夫しようとしなかったわけではない。味つけが似ている鰻《うなぎ》の蒲焼《かばや》きや、かど飯（秋刀魚《さんま》飯）に倣って飯物にしようと試みた

ことがあった。鰹の筒切りきじ焼きの身をほぐして、酒と醤油、味醂《みりん》、鰹出汁《だし》で炊いた飯に加えてみたところ、

「俺《おれ》は天地神明にかけて、高い、安いで決めちゃいねえ。塩梅屋のかど飯はなまじの鰻飯より美味いと思うしな。けど、正直言って、こいつはいただけねえ。同じ鰹でも醤油をかけたおかか（鰹節）をあつあつの飯にまぶして食う、おかか飯の方がずっと美味いよ」

喜平の飲み友達である大工の辰吉《たつきち》に呆《あき》れられてしまった。

四

その他にも季蔵は底値の鰹を使って、その身を叩《たた》いてつなぎの卵や小麦粉、みじん切りの葱《ねぎ》や生姜汁《しょうがじる》を加えて丸め、味噌《みそ》を溶いた出汁に放つ鰹団子も試みたが、

「季蔵さんの工夫の程はよくわかるんですよ。団子汁って、白身の魚は言うに及ばず、鰯《いわし》、秋刀魚等の青魚、鶏《とり》や鴨《かも》を使ったってとびきり美味いですから。でも、この鰹団子汁だけはちょっとね。それほど臭味はないのにそいつが気になって、旨味があまり感じられません。これで、どんな魚でも美味い団子汁になれるわけじゃないってことがわかりました。けどこいつは洒落《しゃれ》にも笑いにもできません」

元は二つ目の噺家松風亭玉輔《はなしかしょうふうていたますけ》で、今は市中屈指の廻船《かいせん》問屋を継いで主におさまっている長崎屋五平《ながさきやごへい》は困惑気味に、しかし率直に評した。

そんな経緯《いきさつ》もあって、鰹相手に苦心惨憺《さんたん》していた季蔵は、

——これは鰹独特の血合いや脂のせいだな。臭《にお》いの因《もと》になる血合いや脂が鰻や秋刀魚の脂ほど好まれないのだ。鰹の血合いや脂は鰹節のように乾いているか、冷えていないと旨味が感じられないのかもしれない——

筒切りきじ焼きや団子汁以外の鰹料理を模索している。

「これほど沢山の鰹のサクがあるなら生利《なまり》となまり節を拵えることができる」

季蔵は大量の鰹のサクを前に案じている三吉に言った。

「生利かあ——」

三吉は気のない応えをした。

「おいらんちじゃ、おっかあが棒手振《ぼてふ》りから只《ただ》で売れ残った鰹のサクを貰ってくると必ず、三度の菜が生利なんだよ」

「生利は嫌いか？」

季蔵の言葉に、

「うんとひもじい時なら食べるんだろうけど、うんざりしちゃってはいる」

「どうやって食べてる？」

「茹で上げたのを冷やした後、そのままむしって醤油かけてかな。甘酢で和《あ》えることもあるけど、なーんか臭くて不味《まず》い、勘弁、勘弁」

——やはり、熱は御法度のようだ——

「ところでおまえの家ではどうやって生利を作る？」

「大鍋に湯を沸かして鰹のサクをぽちゃん」

「ようは茹でるんだな」

「たいてい、どこんちでもそうだよ、簡単だもん」

「茹でては鰹の旨味が溶け出してしまう。ここは茹でずに蒸すのだ」

季蔵はまずは蒸籠《せいろう》を火にかけ、生利にする鰹の下ごしらえをはじめた。

血合いを取り除いた五サクの鰹に、塩と酒、すり下ろした生姜を叩き込むように万遍なくすりこみ、蒸籠で蒸し上げる。

「あれ、血合い、取っちゃうの？」

「血合いは別の料理にする」

血合いとは、魚の背中と腹の間にある部分で、血液がたまるため赤黒い色をしている。血合いの色は鮮度の良し悪《あ》しで決まり、血合いの色が黒いのは鮮度が落ちている証である。また、血合いの多い魚である鰹や鰤《ぶり》、鯖等はしごく傷みやすい魚であった。

「生利という呼び名は、少々イキが悪くなった血合いの色が、金物の鉛に似ているからだと言われている」

季蔵が謂《いわ》れを説明すると、

「なるほどなあ」

三吉は大きく頷《うなず》いた。

蒸し上がる半刻ほどの間に季蔵は手早く鰹の血合いで角煮を拵えた。

取り除いた鰹の血合いを賽子《さいころ》より少し大きめの角切りにする。

「今回は刺身用のイキのいいサクの鰹だからこのまま切るだけでいい。だが、一尾ごと買って捌《さば》いた時には血合いを含むアラが沢山出る。これを使う場合はあら塩を振りかけて、ふつふつと浮き上がるアクを出して清めてからだ。そうしないと幾ら臭味抜きの生姜を加えても臭味が残ってしまう。この料理の難所は下ごしらえに尽きる」

この後季蔵は生姜の皮の表面を刮《こそ》げ、せん切りにするよう三吉に命じた。それから、酒、味醂、酢、醤油、砂糖を鍋に入れて一煮立ちさせたところで、角切りにした鰹の血合いと千切りの生姜を入れた。

「この時も、捌いたアラの血合いだったら、鍋に煮立たせた湯の中に入れ、瞬時にアクが浮いてきたところで引き上げて笊《ざる》に取る。ようは塩に加えてさらなるアク抜きが要る」

季蔵はアク抜きの大事さを強調した。

角切りの血合いは煮汁が鍋底に少し残るくらいで火から外し、少しの煮汁を絡ませて器に盛り付けて仕上げた。

「一つ、訊いてもいい？」

三吉が首を傾《かし》げた。

「どうして、酢まで入れるのかな？」

その問いには応えず、

「まあ、食べてみろ」

季蔵は三吉に箸《はし》と小皿を渡した。

早速箸を使った三吉は、

「あ、これっ」

一瞬、目を大きく瞠って、

「どうして？」

季蔵の顔をまじまじと見た。

「信じられないけど、う、美味いっ、おっかあの拵える血合いの煮付けと全然違う。おっかあのはがちがちに固くて臭味があるけど、これは柔らかないい歯応えで臭味も気にならない」

しきりに首を傾げる三吉に、

「これに使ったのは刺身用の鰹のサクの血合いだったろう？　刺身の鰹の血合いは臭《にお》うか？」

季蔵は微笑みながら確かめた。

「初鰹なんかだとみんな全然気にしないどころか、有り難がって食べてる。確かにイキが勝負の刺身の血合いは臭わないし――」

「だから、角煮にしても臭うはずはない。さっき話したように、アラと一緒の血合いも十二分にアク抜きをしておけば、刺身の血合い同様さらっと仕上がる。それから少量の酢が煮込んだ血合いを固くならないようにしてくれるのだ」

説明し終わった季蔵は、

「そろそろ生利が蒸し上がる。飯を炊いてくれないか。出来たての生利を使った菜で昼飯にしよう」

季蔵は蒸し上がった生利を蒸籠から取り出すと、同じくらいの大きさの蓋《ふた》付きの鍋に移し、汲み上げてきた冷たい井戸水を張った大盥の中に入れた。

「うっかり、これは冷まさなければならないことを忘れていた。冷める間になまり節の段取りをしておこう。悪いが昼飯は遅れるが我慢してくれ」

「えっ？　生利となまり節、一緒なんじゃないの？」

三吉の問いに、

「似てはいるが違う。作り分けるために鰹のサクの半量を残しておいたのだ。蒸し上げた生利をよい香りの煙で燻《いぶ》すとなまり節になる。生利よりもやや固いが風味が出てきて、日持ちもする。前に鮭《さけ》を燻した時使ったサクラの木片が残っているのでこれを使う」

応えた季蔵は早速、残りの五サクの鰹に生利同様の下ごしらえをした。

「蒸し上げるまでは生利もなまり節も変わらない」

「血合い、取らないの？」

「こっちは一つ、燻しの効果を信じて血合い付きでやってみようと思う」

「たしか鰹節も鰹燻しだよね。そのなまり節っていうのと鰹節はどう違うの？」

「なまり節は一度しか煙で燻さない。鰹節はこの燻しを数回から十回以上、完全に水分が抜けきるまで続ける。今回、血合いを抜かないでなまり節を作ってみようと思ったのは、これが鰹節の仲間だからだ。鰹節は血合い付きで、これが深い旨味の源になってる」

「それって賭《か》けだね」

「そうだ」

「何か、おいらどきどきしてきちゃった」

「楽しいか？」

「うん」

「料理人が料理作りを楽しむのは悪くない。わたしたちが楽しめて笑顔になり、お客様を笑顔に出来れば最高だ」

「おいら、馬鹿にしてた生利やなまり節に謝って頑張るよ。これって上手《うま》くいったら、あっとびっくりだもん。安くて馬鹿ウマ、みんなに喜んでもらえる作り方をおいら、夜鍋してでも紙に書いて市中に配るっ」

塩梅屋では安い旬《しゅん》の素材を使った料理の作り方を記した紙を、季蔵や三吉、訪れてその料理を味わった客たちの手で市中に配ってきていた。

「おとっつぁんが生きていたらさぞかし喜んだと思うわ」

先代の一人娘で、南町奉行所同心の伊沢蔵之進《いざわくらのしん》と夫婦《めおと》になるまでは看板娘だったおき玖《く》も、目頭を熱くしつつ、市中への配りに一役買ってくれている。

血合い付きの生利が蒸し上がって冷めたところで、季蔵と三吉は鮭を燻した時の道具を離れの納戸から運んできた。

「これの燻しの決め手の一つは熱加減だ。今時分は寒くないので都合がいい」

七輪に火を熾《おこ》した隣にその道具を置いて、サクラの木片を燃やし始めた。

「三刻（六時間）ほどじっくりと燻す。そしてこの後、一日、たっぷりと寝かせて熟成させなければならない」

「そんなに？　それじゃ、なまり節は明日の賄いなのかあ」

空腹の極みで三吉がごくりと生唾《なまつば》を呑むと、

「生利はもう出来上がってる。これから美味くて仕様がない生利料理を拵えるぞ」

季蔵は意気込んだ。

五

「えっ？　生利を干したりするの？」

三吉は季蔵が生利になった鰹の一サクを裏庭に張った蠅《はえ》よけの網の中で天日干ししようとしているのを見て驚いた。

「まあ見ていろ。こいつから燻して乾かすなまり節は一味違う、面白い旨さが出てくるはずなんだ」

季蔵は胸を叩いて見せた。その実、

——鰹はイキが命、刺身や表面だけさっと焼くタタキ以外で美味いと唸《うな》らせるのはむずかしい――

　ひやひやものではあったが――。

「生利干しは明日のお楽しみとして、今日は生利の黒胡麻和えと味噌煮を作る」

　季蔵は俎板《まないた》にとった生利の一サク分を小さく賽《さい》の目《め》に切り始めた。

「これを黒胡麻で和えるのだが、なにぶん生利は水気が少ないだろう？　だから黒胡麻がなかなか絡まない、そこで――」

　季蔵はみじん切りにした小松菜を加えてこれらを和えた。成長の早い小松菜は本来秋冬のものだがほぼ一年中使うことのできる便利な青物であった。小松菜から出る適度な水気が生利と黒胡麻をいい按配《あんばい》に絡ませる。調味には煎り酒を主に少々の醬油を使う。

「食べてみようか」

　季蔵と三吉は共に箸を使った。

「これ、黒胡麻の風味と蒸し生利の旨味が合わさってて味にキレがあるよ。調味料のせいもあるのかな？　ご飯の菜にもお酒の肴にもぴったり。うちじゃ、むしって醬油かけて食べるほかには、薄切りの胡瓜《きゆうり》と茹で生利を甘酢で和えて菜にしてる。だけど、なーんかね、味がぼやぼやしててご飯が進まない。うちのとは天と地の差があるよお――」

　そう洩らしつつ三吉はせっせと箸を動かし、盛られた小鉢の中の生利の黒胡麻和えを堪《たん》能《のう》した。

「迷ったが黒胡麻を使ってよかった。黒胡麻と白胡麻は色味が違うだけじゃない。黒胡麻は鋭さのある胡麻独特のがっしりした強い香りを放ち、白胡麻の方はとにかく優しい控えめな風味を醸す。黒胡麻と蒸し生利の相性がよかったのは、それだけ、蒸し生利にしゃんとした旨味が際立っていたということだ。ん、たしかに今までにない出来映えの生利鉢だ」

興奮も手伝って季蔵は三吉同様小鉢の中身を平らげた。

釜《かま》の飯はすでに炊き上がって、食欲をそそる匂《にお》いが店中に広がっている。

「あ、でもこれ、飯の菜だよね。全部食べちゃった、どうしよう？」

狼狽《うろた》えかけた三吉に、

「なに、使ったのは一サク分だからまた拵えればいいさ。それに飯にはこれだ！　という生利料理がある」

季蔵は自信たっぷりに告げた。

――生利の黒胡麻和えがこれほどならばこちらも期待できる――

季蔵はやや安堵しながら生利の味噌煮を拵え始めた。まずは一人分ずつに生利を切り分ける。

「味噌床に漬けて味噌漬けにしてもとは思ったのだが、味噌の味が強くなる分、生利の旨味が減るような気がして味噌煮にすることにした」

味噌煮に使う味噌ダレは赤味噌を酒で緩めて、味醂、砂糖、隠し味の煎り酒を加えて平鍋にかける。

「くれぐれも味噌を焦げつかせないように」

三吉に声をかけ、蒸し生利を入れる。ここから先は三吉に任せて、蒸し生利をこっくりと煮込んでいく。仕上げに粗挽《あらび》きの黒胡椒《くろこしょう》を振りかけると風味が増す。

季蔵が器に盛り付け、三吉が炊きたての飯をよそって、やっと昼飯となった。

「おいら、味噌煮は鯖だって思い込んでたけど、生利の味噌煮もうまーい。骨がなくて食べやすいのもいい。鯖は背中の皮とか独特の匂いとか絶対嫌だって人いるでしょ？　その点、こっちは癖がない。鯖嫌いの人も食べられる。だけどおいら、ついついご飯が進んじゃうし、生利の味噌煮もどんどん食べられちゃう、どうしよう、どうしよう？　美味すぎるぅ、食べ過ぎるぅ」

三吉は大はしゃぎし、

「これほど黒胡椒なんてものが料理の引き立て役になる料理は他にないぞ」

季蔵も釣られて飯のお代わりをした。

この時、季蔵は今は髪を下ろし、前当主影親の菩提《ぼだい》を弔っている瑞千院《ずいせんいん》が夫影親から届けられてくる南蛮《なんばん》料理の作り方を書いたものを元に、家臣の自分に振る舞ってくれた当時の一品を思い出した。

鶏の切り身が味わったことのない、どろどろした焦げ茶色の汁と絡んでいて、そこはかとなく黒胡椒が香った。

――あの時、奥方様は〝殿によればこれは出島《でじま》で食べられているものの一つだそうです。

本当は牛の肉で作るもので、ビフシチュという名だとか。出汁になるという骨の付いた肉を何刻も青物と煮て漉して、デミグラと呼ばれる汁を作り、そこに固い牛の脛《すね》の肉を切り分けて入れます。ここから、さらに、肉や汁が焦げつかないよう、付きっきりで延々と煮込むと、汁にどろりととろみが出て、入れた肉が蕩《とろ》けるほど美味しくなるとのことです〟と説明してくださった。その時のビフシチュとやら、見かけがこの味噌煮に似ていたな、そしてあれにも黒胡椒が濃く香っていた――

瑞千院が奥方として、長崎に赴任していた夫影親の留守を守っていた頃は、異母腹の嫡男影守とて、まだそれほど横暴ではなかった。そして、その頃は季蔵と瑠璃との間にも、春風のように平穏で心ときめく時が流れていたのである。季蔵はしばしその頃へのなつかしさに圧倒された。

「邪魔するよ」

待っていたその声に季蔵の心浮き立つ思い出が掻き消された。

――今は知らなくてはならないことがある、命がかかっている――

「いらっしゃいまし」

季蔵は戸口へと向けて常より大きく声を張った。

入ってきたのは待ちに待った北町奉行所定町廻り同心の田端宗太郎と岡っ引きの松次であった。邪魔するよと断りを口にするのは松次で、田端は変わりなく無言で松次の後ろから、長身痩軀《そうく》を折り畳むようにしてのっそりと塩梅屋の敷居を跨《また》いだ。二人は並んで床几《しょうぎ》に腰掛けた。

「しばらくですね」

「そうだったかな？」

松次は四角く鰓《えら》の張った顔の金壺眼《かなつぼまなこ》をぐるりと廻《まわ》した。

「このところおいでになっておられませんよ」

いつになく季蔵は口数が多かった。

――季蔵さんらしくない、この人たちになんか頼み事でもあるのかな？――

気がついた三吉が素早く田端には湯呑みの冷や酒を、下戸《げこ》の松次には甘酒を、

「どうぞぉぅ」

愛想よく振る舞った。

「何か召し上がりますか？」

季蔵は松次に訊いた。松次は結構な食通である。片や田端の方は肴もろくに摂《と》らない大酒飲みで、湯呑みの冷や酒を一気に飲みほす。

「へい、お待ち」

三吉はすぐに代わりを手許《てもと》に置いた。

「昼を食いそびれて腹が鳴いて仕様がねえ、腹に入るもんなら何でもいいよ」

「はい、只今」

季蔵は松次には生利の味噌煮と飯を、田端には急いで拵えた生利の黒胡麻和えを供した。

もっとも田端の方は形だけで、いずれこの肴は菜となって松次の腹におさまる。

「生利だったんだな、馬鹿にイケるんで何かと思ってた。こんな旨い生利、初めてだ、天下一品の生利料理さね」

松次は褒《ほ》め言葉を掛けた後、黙々と箸を動かし、田端は無言で飲み続けた。

「お疲れのようですね」

季蔵は機を見て声を掛けた。

「何か、市中で難しいことでもおありになりましたか？」

もちろん、崩れた材木の下敷きになっての圧死が語られるのを待っている。

「実はこのところ、お伊勢《いせ》様へのおかげ参りで駆り出されててね」

松次は季蔵が待っていたのとは異なる話を切り出した。

「何年も前の『東海道中膝栗毛《とうかいどうちゅうひざくりげ》』がまた売れ出したから危ねえとは思ってたけどな」

弥次喜多《やじきた》道中とも言われる『東海道中膝栗毛』は、享和《きょうわ》二年（一八〇二年）から文化《ぶんか》十一年（一八一四年）にかけて出版された十返舎一九《じっぺんしゃいっく》の滑稽本《こっけいぼん》である。膝栗毛とは、自分の膝を栗色の毛並みの馬の代わりに使う徒歩旅行のことで、厄落としの伊勢参りを含む東海《とうかい》道《どう》旅行の様子が描かれている。

主人公たちは江戸の長屋に住む弥次郎兵衛《やじろべえ》と、居候の喜多八《きたはち》で、妻に死なれたり、奉公先から暇を出される等、不運や理不尽なことが続くので、心機一転、厄落としにお伊勢参りに行くことにする。

二人は東海道を進んで江戸から伊勢神宮へ、さらに京都、大坂へ足を延ばす。道中で、狂歌、洒落、冗談をかわしたり、悪戯《いたずら》をしてもその都度失敗するなど、行く先々で騒ぎを起こす。

「たしかに『東海道中膝栗毛』は陽気で楽しい読物で大いに旅心を誘いますね」

季蔵はひとまず相手の話に乗ることにした。

「けどあれは読本《よみほん》で昔の戯作者《げさくしゃ》の作り話だろう？　昔の作り話と今起きてることとは違うはずだよ。お伊勢さんの事情だって昔と今とは違うんだ。そこんとこがわかってなくて、おかげ参りだ、おかげ参りだと騒いで開き直られては困るやね」

渋い顔の松次に、

「その通りだ」

初めて言葉を発して同調した田端は、眉間《みけん》に皺《しわ》を寄せていた。

六

ここまで二人の機嫌が悪いとなるとお役目絡みの事情に違いなかった。

「伊勢参りと関わって、お二人は何に難儀なさっているのですか？」

季蔵は訊いてみた。

「そりゃあ、おかげ参りだよ、抜け参り」

松次は口をへの字に曲げた。

おかげ参りとは周期的に起きる、時に数百万人規模の伊勢参りであった。おかげ参りが起きるきっかけは、天から伊勢神宮のお札が降ってきたという噂《うわさ》が津々浦々に広まってのことが主だった。天下を統一して二百年以上の平和をもたらした徳川《とくがわ》将軍家は、天皇家の聖地である伊勢神宮を国で最高の神社と定めて、崇《あが》め奉った。そのせいで人々は無条件に伊勢神宮の霊験を信奉したのであった。

「〝おかげでさ、するりとな、抜けたとさ〟」

松次はふしをつけて唄《うた》い、

「こいつが困りものなんだよ」

ふうとため息をついた。

「そうでしょうね」

季蔵は相づちを打った。

旅の最高峰の一つであり、庶民の憧《あこが》れが伊勢参りであった。それなりの路銀も掛かり、金持ちならば思いついて叶《かな》う旅ではあったが、多くの慎ましく暮らす庶民にとっては一生に一度の贅沢《ぜいたく》とされていた。

そこでこの旅に掛かる費用は、伊勢講と呼ばれる積み立てで賄われてきた。積み立てを使って順番に伊勢参りをするのである。

「おかげ参りは伊勢講のほかなので困る」

田端がぽつりと呟《つぶや》いた。

おかげ参りが抜け参りと言われるのは、伊勢講に入っていない、無一文で着のみ着のままの者たちが、〝おかげ参り〟という御旗《みはた》を立てて柄杓を差し出せば、金や食べ物、はたまた宿まで無料《ただ》で得られたからであった。払いから抜けられるという意である。参る者たちだけではなく、こうした抜けを許す食べ物屋や宿屋までが、伊勢神宮に焦がれて熱に浮かされてしまうのである。

「そういえば一時ほどではないが、上方ではまだまだおかげ参りが盛んだと聞いたことがあります」

季蔵の言葉に、

「京や大坂は伊勢に近いからそれでいいのかもしんねえが、ここは上様のおいでになる江戸だよ。ふさげたおかげ参りなんぞ、許すわけにはいかねえ」

松次はぎょろりと金壺眼を剝《む》いた。

「天下の秩序が狂わせられてしまう」

田端は珍しく口を挟み続けていて、

「でも、まあ、騙《かた》りでよかった」

五杯目の湯呑み酒を空けた。

「おや、騙りだったのですか？」

季蔵も今日は饒舌《じょうぜつ》である。

「上方のおかげ参りにあやかって金品をせしめようとした、あちこちから流れてきて、徒党を組んでた連中だった。まずはおかげ参りを騙って宿に泊まっていた奴《やつ》を捕まえて仲間のことを吐かせ、廃屋や廃寺に分かれて潜んでた連中を一網打尽にしたんだ。ったく、油断も隙《すき》もあったもんじゃないとはこのことさ」

「それでも騙《だま》し取られた店や人は居たんでしょう?」

「それがね――」

松次は切なそうに切り出した。

「店が潰《つぶ》れかけてるとか、親の看病に疲れ果てて、明日は心中しようかって奴が騙されてるんだよ。ようは破れかぶれってやつだな」

「おかげ参りと聞いて抜けで施せば光が見えるような気がしたのだろう」

田端はやりきれない物言いになった。

「たしかにこのところ、市中は不景気ですから」

不景気はこのところというよりも、ここ何年も続いていて、幕府重臣たちと繋がっている数少ない大店の店構えだけは大きくなるものの、強固な伝手《つて》を持たない中小の店は、持ちこたえられずに畳まれていく傾向にあった。奉行所に下される市中整備のための費用も減らされる一方なので、堤が崩れて川が氾濫《はんらん》した後、再び堤を築くことができず、水害による被害は深刻かつ、甚大《じんだい》なものとなっていた。

「たしかにな」

松次の呟きに田端は大きく頷いて、ここでおかげ参り騙りの話が一度途切れた。

――今だな――

「ところで何日か前、坂本町《さかもとちよう》辺りの普請場で高積みの材木が崩れたという話はお聞きになりませんでしたか？」

季蔵は切り出した。

「さあねえ」

「聞かぬな」

松次と田端は共に首を横に振った。

――人が一人、死んでいるというのに誰《だれ》も番屋に届けていないのはおかしい――

「おまえ、そこを通りかかりでもしてその様子を見たのか？」

田端の目が鋭く光った。

「いいえ――」

季蔵は難なく躱したつもりだったが、

「もし、わざと倒されたのだとしたら、おかげ参り騙りの連中がまだ市中にいて、お上の捕縛に刃向かって、無意味な意趣晴らしの悪さを働いているのかもしれぬ。だとしたら、将軍家お膝元である市中の守りのためにも、厳しく取り締まらなければならぬ」

相手は真剣だった。

――やれやれ、大変だ――

「ただ、ここにおいでになるお客様がふと洩らされた話です。酔っていい気分になっておいでしたので、埒《らち》もない戯言《ざれごと》だったのでしょう」

季蔵はさらりと笑顔で言ってのけ、いつになく心の緊張をひた隠して田端と松次を送り出した。


何日かしての夜、塩梅屋に喜平と辰吉、それに指物《さしもの》の仕事が増えて、たまには二人と付き合いが出来るようになった勝二《かつじ》が揃《そろ》った。

季蔵はこの三人のためにとっておきの生利料理を用意した。裏庭に張った蝿よけの網の中で乾かした生利を、大きめに裂いて、焼き塩を振り、刺身で食する初鰹には欠かせない蓼酢《たでず》を添えて供する。ちなみに焼き塩とは平鍋で辛抱強く焼いた塩のことであり、独特のさらさら感と、塩カドがとれたまろやかな味わいがある。蓼酢の方はタデの葉をすりつぶし、酢と煎り酒を混ぜたもので、鮎《あゆ》の塩焼き等にも添える。

三人はこの乾き生利に舌鼓を打って、

「乾き生利ねえ、これは古女房みたいなもんだな、飛びつくほど旨いってわけじゃあないが、居ないとやっぱり寂しい、居てほしい。いつも膳《ぜん》には上らせといてほしいもんだ。だけど辰吉さん、あんたの褞袍《どてら》みたいな女房とは一緒にできない。古女房たって、せめてこれぐらいの味じゃないとな」

久々に勝二が加わったのと、乾き生利に大いに喜んだ喜平は、絶えて仕掛けていなかった喧嘩《けんか》をあえて辰吉に売った。その目は潤んでいる。喜平は柳腰の垢ぬけた女しか美人と認めないのだが、辰吉は自分の倍は幅のある、大食い競べで出会った恋女房に首ったけで、喜平にけなされると猛然と反撃し、弱い酒の酔いも手伝って、遂《つい》にはつかみ合いにまでなる。これを仲裁するのが決まって勝二であった。

「べらぼうめ、うちのおちえときたら、この絶品の肴そのものなんだぞ。昨夜、おちえに逝かれちまって、俺も後を追う夢を見た。ああ、もしほんとにおちえの身に何かあったら――。季蔵さん、おちえにもこいつを食べさせたい。余分があったら包んでくれ」

すでに酔いが回っていた辰吉はしくしくと泣き出した。怒りんぼから泣き上戸に転じたようだ。

「そのつもりでご用意しております」

季蔵は応えた。

「たしかにこれ、男の肴にうってつけですけど、スルメほど固くないから、女の人や子供が甘酒でお八つ代わりにするのも悪くないですね。家《うち》でも作れそうだし。ああ、でも蓼酢がいつもあるとは限らないかあ――」

以前のどこか浮いた様子の婿養子だった頃とは異なり、仕事の腕も上がって一家を支えている勝二は、家で待っている妻子に想いを寄せていた。名人と言われた親方の後を継いで苦労に苦労を重ねてきた賜物《たまもの》であった。

「おかみさんや坊ちゃんが召し上がるのなら、呑み助にはたまらない蓼酢よりも塩や酢、醤油の方がいいかもしれません」

季蔵の助言に、

「そうですか、それはいい」

勝二は顔を輝かせ、

「どうぞ」

すかさず三吉が作り方を書いた紙を渡した。

「こりゃあ、いい」

勝二がその紙に目を落としていると、喜平と辰吉は共にぐうぐうと寝息をたてはじめ、季蔵は用意してある夜着を二人に着せかけた。

「へーえ」

目を丸くした勝二に、

「勝二さんがおいでにならなくなってからは喧嘩はなさらなくなり、今はこんな具合になることがしばしばです」

季蔵は微笑んだ。

「これは意外でした、驚きました。少し前、坂本町の怪談を聞いた時もびっくりしましたが、それと同じくらいかな」

勝二は危うく口に出しそうになった、二人とも、もういい年齢《とし》なのかなという言葉をかろうじて呑み込んだ。一方、季蔵の方は、

「お聞きになったという坂本町の怪談とは？」

勝二の言葉を耳ざとく聞き逃さなかった。

「坂本町を通りかかったお客様の話です。何本もの材木が転がっていて、その下に押しつぶされて血を流して死んでいる人が見えたと言うんですよ。取引相手との昼餉《ひるげ》の約束に遅れそうだったので、自分は先を急ぎ、供をしていた人を店に走らせて番頭さんの一人をそこへやらせたんだそうです」

摩訶不思議な怪談のような話とあって、勝二の口調は高ぶっている。

七

「ところが番頭さんが駆けつけてみると、もうそこには何も無かった。材木も骸《むくろ》も綺麗さっぱり無くなっていたとのことでした。わたしに話してくれたお客様は、〝誰もわたしの話を信じてはくれません。倅《せがれ》など――おとっつぁんたちは夢でも見たんじゃないのかい？みっともない、大丈夫か？――なんて言って苦笑いですよ。ですんで、この話は勝二さん、あなたにだけお話ししました〟とおっしゃってました」

「番屋には報せなかったのですか？」

「何事につけても慎重な方ですから、まずは番頭に見極めさせて後、報せるつもりだったようです」

――なるほど、それで田端様と親分は、怪談まがいとされているこの話さえ知るはずもなかったのだな――

季蔵は得心する一方、

――よかった。勝二さんのお客様の話がなければ、幾らわたしが狙われて材木を倒されたのだと言い張っても、誰一人この事実を知らず、認めなかったろう。これであの一件は夢物語ではない事実だと示せる。あの後わたしをめがけて材木を崩した者たちは惨事の痕《あと》を綺麗に片づけてあの場を何事もなかった様子に戻したのだ。敵はなかなか周到だ、油断は出来ない。それと狙われる理由が知りたい――

複雑な気持ちになって、

――そうだ、それにはまず――

あることを確かめようと思い立った。

「ああ、いい気持ちだった。ここはどこかい？　女護《によご》ヶ島《しま》（井原西鶴《いはらさいかく》の〝好色一代男〟の主人公憧れの別天地）かな？」

寝ぼけ眼で目を覚ました喜平に釣られて起きた辰吉は、まだ、恋女房との若き日の夢に浸っているのか、

「おおっ、おちえぇーっ、女房になってくれぇぇ」

間違えて勝二に抱き着いたりした。

勝二は少しも慌てず、

「今度、わたしに是非、おかみさんの鏡台を作らせてください」

辰吉を抱きとめた。

すると辰吉は、

「そうかい、わかった、おちえも喜ぶ、ありがとよ」

さらにまた泣き上戸になって、

「俺は帰るぜ」

立ち上がったところで、素早く土産《みやげ》の乾き生利の入った箱を、季蔵が三人に持たせて、この場はお開きとなった。

この後、

「少し片づけをしてから帰るから、先に帰ってくれ」

三吉に暖簾を仕舞わせて帰すと、季蔵は瑠璃に作ったのと同じ蛍想いを作って朝になるのを待って、近くの者に頼んで柳橋《やなぎばし》にある嘉月屋へと届けさせた。

嘉月屋では主嘉助が朝早くから小豆や白隠元豆《しろいんげん》を煮て餡に煉り上げている。

ある疑問が頭をもたげてきていて、あえて季蔵は文は添えなかった。

すると五ツ（午前八時頃）前に油障子が叩かれた。

「おはようございます。嘉月屋の嘉助です」

「おはようございます。おいでいただけましたか、ありがとうございます」

季蔵は出迎えた。

「季蔵さんの拵えた蛍想いは何とも奥深くして華やか、典雅に時季を捉《とら》えた菓子だと感心いたしました。夕餉《ゆうげ》の後にお出しすればことさらでしょう。菓子屋ではなく料理人のあなたらしい菓子です」

嘉助はまず、率直な賛辞を口にしてから、

「ただ、あなたはわたしに何かご用があるのではないかと思いまして――、また、大事が起きたのではないかと胸騒ぎがしました」

季蔵の元に以前、脅しの文が届いたことがあった。それには不可解な料理が羅列《られつ》されていて、謎解《なぞと》きのように特別な料理を作れ、さもなければ父親の命はないという内容であった。これには菓子も含まれていて、季蔵とは気脈が通じている嘉助はこの事情を知ると、これ以上はないほど尽力してくれたのだった。

「また、あんなことが起きているのではないかと気にかかりまして」

「実は――」

季蔵は嘉月屋からと届けられてきた金箔のうち、残してある金箔を見せた。

「上生菓子を極上生菓子にすることができる、貴重な金箔ですね。ああ、いや、これが使われていた、あなたの蛍想いのことを言ったのではありません、とにかく珍しい――」

菓子屋ならではの因果なのだろう、嘉助はほーっと羨望《せんぼう》のため息をついた。

――何と、やはりあの文は嘉助さんが書いたものではなかった――

季蔵は戦慄《せんりつ》を覚えながら、

「少しお持ちください」

金箔を取り分けて紙に包んで渡すと、

「金箔などを使われる極上生菓子には文を添えられるのでしょうね」

さりげなく訊いた。

「というよりも、お得意様で菓子好きのお客様には、時季の挨拶と共に菓子の説明など書き添えはいたします」

「なるほど」

出来ればそれが誰なのか、嘉月屋の大福帳を見たかったが、これ以上は訊くまいと季蔵は自重した。

――今回は直《じか》に命を狙ってきた。敵は以前よりも手強《てごわ》い気がする。せっかく、大きく認められて仕事が増えてきている矢先に、またしても、巻き込んで煩《わずら》わせては申し訳ない――

「ご厚意ありがとうございました。わたしなりに金箔を菓子に使ってみます」

そう言って、嘉助は大事そうに金箔を包んだ紙を懐《ふところ》に入れると、いそいそと帰って行った。

その後ろ姿を見送った季蔵は、心の中に募る不安を振り切るべく、

「そろそろ、三吉も出てくる頃だ、いい具合に出来上がっているなまり節を早めの賄いにしてみるか」

わざと独り言を口にして、なまり節を釣瓶桶《つるべおけ》に保存してある井戸へ行った。

店に出てきた三吉がなまり節を前に、

「なまり節のことで一つ教えてほしいことがあるんだけど」

神妙な顔で訊いてきた。

「ああ、ただし、答えられることだけだがな」

「あのさ、燻し終えたなまり節を一日寝かせる時、ひっくり返したよね。あれ、意味あるのかな？」

「ある。ひっくり返さないと鰹の身の中ほどの水分が残って、等しく乾かなくなる。上側だけ乾燥して、中ほどが乾いていないと、なまり節は血合いまで落とさずに使っていることだし生臭さが残るだろう？」

「そっか、そうだったのかぁ、おいら、考えてもわからなくて、ますます気になって眠れなくなってたんだよ、合点承知」

三吉は晴れ晴れとした顔で両手を打ち合わせた。

「今日の昼はこれを使って、どんと三品ほど拵えてみようと思う」

季蔵の掛け声に、

「よっ、なまり節尽くし、賄い膳だね。おいら、ご飯炊こうか？」

三吉はごくりと生唾を呑み込んだ。

「それには及ばない」

「ってことは、もしかして素麺？」

「まあ、そんなところだ」

「素麵炒めじゃなしに時季のするする素麵だよね？」

「それは見てのお楽しみ」

応えた季蔵は、

――三吉のこの変わらない明るさには救われる――

一時とはいえ暗雲から逃れ得た気分になった。

「まずは派手な菜からいこう。なまり節の唐揚《からあ》げだ。故郷《くに》が土佐《とさ》のお客さんが、鰹は刺身のほかにタタキにして食すると話してくれたことがあった。ちなみにタタキの方が刺身よりは味が落ちにくい。皮を炙《あぶ》って拵えるタタキの薬味には、すりおろしたニンニクが何よりだそうだ。それを試してみようと思う」

季蔵は酒、醬油、おろしニンニクを混ぜ合わせたタレに、一口大に切ったなまり節を四半刻《はんとき》（三十分）ほど漬けた。次に同量の片栗粉と小麦粉を混ぜてこれらにまぶし、カラリと色づくまで揚げ、油をよく切る。

「酢とニンニクは不思議に合う。好みで酢を振っても旨いのではないかと思う」

そう言って季蔵は三吉に揚げたてのなまり節の唐揚げが載った小皿を渡した。

「おいら、試してみるよ」

早速酢を振りかけて箸を動かした三吉は、

「うーん、旨い。今まで味わったことのない、たしかに不思議な美味しさだね、ふーっ」

感嘆のあまりため息をついた。

「次は地味だが今時分の箸休めには欠かせない味だ。茄子《なす》となまり節の和え物」

季蔵は二品目に移った。

まずはヘタを取った茄子を三つに切り、蒸して冷ましておく。なまり節はほぐし、青紫蘇は千切りにする。冷めた茄子を手で裂いて皿に盛り付け、上にほぐしたなまり節と千切りの青紫蘇を載せ、煎り酒をかけて供する。

「おいら、なまり節に合うこの時季の青物は胡瓜だって思い込んでたから意外」

一箸つけた三吉が呟くと、

「胡瓜との相性なら、燻さない生利の方がいいのではないかと思う。胡瓜独特の夏そのものといった青く強く涼やかな匂いを邪魔しないからだ。片や燻したなまり節のややどっしりした風味には、肉厚でいながら優しい味わいの茄子がお似合いだ。これが胡瓜では喧嘩してしまって味が一つにまとまらない。同じ夏の青物でも、実は茄子は胡瓜ほど出しゃばりではないのだよ」

季蔵は大きく頷いた。

第二話　伊勢海老《いせえび》恋し

一

「さていよいよ、最後の三品目はなまり節と青物の素麺《そうめん》だ」

季蔵《としぞう》の言葉に、

「ああ、やっと昼飯にありつける」

三吉《さんきち》は歓声を上げた。

「これには長芋を使う」

「へーえ」

興味津々で三吉が見守る中、季蔵は長芋を千切りに刻み始めた。続いて茗荷《みようが》、青紫蘇《あおじそ》も同様に千切りに、小葱《こねぎ》はみじん切りにする。なまり節は千切りに近づけたいので、手で裂き揃《そろ》えてもいいが、表面に堅さがあるので包丁で切り揃える。

次に季蔵は新しい鰹節《かつおぶし》の削り用の小刀を取り出して、これまた新しく買い求めた鰹節を削り始めた。

「鰹節なら買い置いてあるんじゃない？」

「あれらは出汁《だし》用だ。多少値は張るが、お浸しや椀物《わんもの》等の仕上げに掛ける削った鰹節は、味が秀逸で格別に薄く、ふわりと口どけのいいものでないと――。乾燥しきっている鰹節ならどんなにも薄く削れるんだ。こいつは鰹節ならではの醍醐味《だいごみ》だろうが」

「ふわりとかあ――、それ、今作ろうとしてる素麵にも掛けるんだよね。楽しみ、楽しみ――」

「そろそろ素麵を茹《ゆ》でていいぞ」

茹で上がった素麵は冷たい井戸水に晒《さら》して笊《ざる》にあげた後、一人分ずつの器にとられ、なまり節、長芋、茗荷、青紫蘇、小葱を載せ、酢と醬油《しょうゆ》、味醂《みりん》、裏ごしした梅干しを混ぜ合わせたタレをかける。季蔵は三吉が箸《はし》を付ける寸前に、先ほどの削った鰹節を載せた。

こうしてなまり節と青物の素麵が出来上がった。

「これでなまり節と鰹節の食味の違いもわかるぞ」

季蔵は三吉がなまり節と青物の素麵を啜《すす》り込む様子を見守った。

「ん、ちょっと癖のある堅さのなまり節と、削った柔らかい舌触りの旨味《うまみ》だけの鰹節、ふわっふわが出会うと、なまり節でも鰹節でもない、うっとりするようないい味出すんだね。おいら、これに嵌《はま》っちまいそうだよ。これだけ食べたーいなんて、贅沢《ぜいたく》言っちゃって」

三吉はなまり節と鰹節が合わさった味に夢中になった。

「そいつは酒が飲めるようになってからやってくれ」

――なまり節に鰹節をふわりと掛けた肴《さかな》は今どきのいい突き出しになるだろう――

今夜の突き出しはこれに決めた。季蔵も箸を取った後、

「茗荷、青紫蘇、小葱等の強い薬味がなまり節と鰹節から、さらなる奥深い風味を引き出しているように思う」

感じたことを口にした。

「ところでさ、長芋だって一役買ってるはずだろ？　長芋に何か言ってやんないと可哀想《かわいそう》じゃない？」

「忘れていた。それを言うなら絶妙なとろみだ。千切りの長芋のねばねばが、タレだけではとかくぱさつきかねない具材と素麺を、しっとりと食させる役目を果たしている」

「ただしお客様に振る舞う時は塗り箸より、引裂箸《ひきさきばし》の方がいいかも。塗り箸だとほら、つるつる滑って摑《つか》みにくいんだもん」

三吉は自分用の塗り箸を動かして、素麺や具の摑みにくさを見せてくれた。

「たしかに。これには引裂箸も料理のうちだな」

季蔵は笑って応《こた》えた。こうしてなまり節料理の試食が終わった頃《ころ》、北町奉行の烏谷《からすだに》椋《りょう》十郎《じゅうろう》から文《ふみ》が届いた。

今宵《こよい》暮れ六ツ（午後六時頃）にそちらへ行く。　　　烏谷椋十郎

季蔵殿

——いよいよおいでになるのだな——

季蔵は緊張で背筋が伸びた。

——お奉行は壁に耳あり障子《しょうじ》に目ありの地獄耳にして千里眼だ。今度の一件とてご存じないはずはなかろう——

季蔵は烏谷の訪れに合わせて、残しておいたなまり節を使って、賄《まかな》いで試した料理三品に突き出しを加えた。これはすり下ろした長芋の上に裂いたなまり節を載せて冷やしておき、その上に薄紙片のように削った極上の鰹節をふわりふわりと掛け、山葵《わさび》を添えて供する。

——お奉行は何とおっしゃるだろう?——

烏谷は岡《おか》っ引《ぴ》きの松次《まつじ》に勝るとも劣らない食通である。季蔵はこの烏谷の料理評が励みにはなってきたが、

——たまには酌む酒と共に料理だけを楽しんでいただきたい——

仕事とは無縁に和気あいあいと時を過ごしたいと思わないでもなかった。しかし、それは叶《かな》わぬことで、烏谷が塩梅屋《あんばいや》を訪れる目的には料理以外が含まれていた。もっとも今夜は季蔵の方からも料理ではない、訊《き》かなくてはならない話があった。

——わたしはなにゆえ、命を狙《ねら》われたのか?——

烏谷椋十郎は暮れ六ツかっきりに塩梅屋の前に立つのが常である。季蔵は油障子の外で待っていた。

大きな身体をゆさゆさと揺らしながら訪れた烏谷は満面の笑みを浮かべている。ただし、それは顔の頰《ほお》と唇の動きだけに限られていて、大きなどんぐり目は少しも笑っていない。

「今夜の楽しみは何かな？」

「なまり節料理にございます」

「それもよかろう」

「ご案内いたします」

季蔵は烏谷を離れへと案内した。離れには仏壇があり、まず烏谷は仏壇の先代に線香をあげて手を合わせ、

「長次郎《ちょうじろう》よ、この市中もいろいろな悪事が蔓延《はびこ》るのう。おかげで退屈はせぬが、その源が逼迫《ひっぱく》というのは何とも切ない。わしが金を横領して蓄えているなどという噂《うわさ》が飛び交うのは迷惑しごく。おかげで殺されかけた。そちの生きている時にも増して世知辛《せちがら》いご時世になったものよのう」

常になく長々と話しかけた後、季蔵会心の作であるなまり節の突き出しに舌鼓を打った。

「これは何より、ふわりとした鰹節と山葵が相まって極上の味を醸し出している。なまり節は寝かせを含む燻《いぶ》しに拘《こだわ》りの技が感じられる。半乾きのなまり節と乾ききっている鰹節を、長芋がとろりと覆って最高の旨味、肴に仕上げている。酒が進んで敵《かな》わぬわ」

烏谷は褒《ほ》めに褒めてこれを肴にしたたか酒を飲んだ後、なまり節の唐揚《からあ》げをもりもりと一気に食べ、

「ますます酒が進む」

悲鳴にも似た歓声を上げ、茄子《なす》となまり節の和《あ》え物で、

「いかん、いかん」

盃《さかずき》の運びは衰えず、

「これでやっと一息ついた」

ふわふわの鰹節の代わりに胡麻《ごま》を散らした、あっさりはしているものの、旨味は減っていないなまり節素麺を前に盃をやっと伏せた。

これを啜るように三皿ほど平らげた後、

「それほど旨いとは思われていないなまり節を、これほどの逸品に工夫できるとは、そちも腕を上げたものだ。草葉の陰で長次郎もさぞや喜んでいることだろう」

ちらりと仏壇を見遣《みや》った。

「お褒めいただき、誠にありがとうございます」

季蔵は頭を下げたものの、

――いつものお奉行ではない。お奉行はこのわたしに何をお命じにいらしたのだろう

――

不安を感じつつ、烏谷の言葉を待った。

「さて、今夜の話は御政道から行こう」

烏谷はじっと季蔵の顔に目を据えた。季蔵もまっすぐ相手を見た。烏谷はもう笑ってなどいない。似非《えせ》笑顔の中のその目は、常にギヤマンで出来てでもいるかのように冷たかったが、今の目は何かを強く訴えかけて必死のように見えた。

「上様がいつまでもたいそうご壮健なのは結構なことなのだがな――」

烏谷は声を潜《ひそ》めた。

老いてなお壮健な将軍は、数えることができないほどの数の側室を持ち、五十人以上の子を得てきていた。これは一見徳川《とくがわ》家の繁栄の証《あかし》のようではあったが、次期将軍の次男は結構な年齢《とし》で、孫は極端な虚弱体質だと噂されている。

「世継ぎの問題で将軍家や御三家（水戸《みと》、尾張《おわり》、紀伊《きい》）では今からあれこれ、思惑が飛び交っているが、御政道までこれに終始してしまっているきらいがある。もっと目を向けなければならぬのは市中の人々の暮らしだ。そちの作った簡単で安くできるなまり節料理の類《たぐい》はいつものように、市中のやり繰り上手のかみさんたちを喜ばせることだろう。それでも、水害や大風、地震等の天災は前触れもなくやってくる。かみさんがあれこれと工夫した夕餉《ゆうげ》の菜に、家族一同が和む、人々ののどかな暮らしだけではなく、命まで奪い取られることもある。天災の前に人は無力で、これほど恐ろしい牙《きば》は狼《おおかみ》も持ってはいないだろう。しかし、こうした天災の中で水害だけは堤防を築いたり、橋を強化すれば災害を最小限に防ぐことができる。今までわしは何としてもこれだけは食い止めたいと思ってきた。懸命に邁進してきた」

ここで一度烏谷は言葉を切った。

二

季蔵は相づちを打ちかねた。

──お奉行はそのために──

烏谷には季蔵の知り得ない人や金の流れがあるのだ。

「世のため人のため、御定法通りには行かぬ正義もある。わしの正義もそれよな」

この離れで酔いに任せてふと烏谷が呟いたのを耳にしたこともある。

──市中を御定法通りに取り締まり、裁くのがお奉行のお役目だ。御定法に従わない者たちに罰を与える役目でありながら、自分は御定法から逃れようとするのは、如何なる大義があろうとも、奉行たるものいかがなものだろう？──

「急いで直さなければならない堤と橋が五か所もあるのだ。そこでわしもそろそろ盗みを働こうと思う」

烏谷は自分なりの正義を主張した時と変わらない酔眼を季蔵に向けた。

「おや、いよいよ疾風小僧の真似ですか？」

季蔵は揶揄めかして受け応えた。

──そもそもお奉行は義賊と言われて喝采を浴びている疾風小僧とも、わたしのはかりしれない縁がある――

「あやつの手を借りては金が掛かり過ぎる。今回はそちの力を借りたいと思う」

「わたしに盗みの趣味はありません」

季蔵が気色ばった物言いになると、

「まあまあ、落ち着いて」

烏谷はハハハと大笑いをして、

「そちがしごくまともな者であったことを忘れていた。言葉通りに受け取る。正しく言おう。このところおかげ参りの騙《かた》りが出るほど伊勢《いせ》参りが人気だ」

「そのようですね」

「そちにはそんな伊勢参り熱と関《かか》わって一働きしてもらいたい。まずは贅沢な伊勢参り料理。伊勢参りを代理に頼む者たちがこの市中にも結構居る。旅に掛ける金はあっても、自分で出かけては行けない事情のある、病者や年寄りのことが多い。ならばせめて、この連中たちに江戸にいながらにして有り難い伊勢参り料理を食べさせてやりたい。また、このところの流行《はやり》で鶴岡《つるおか》や酒田《さかた》等から奥州路《おうしゆうじ》を経て江戸に入り、たっぷりと江戸見物をした後、東海道《とうかいどう》を伊勢や上方へと出向く富者たちの胃の腑《ふ》を盗んでもらいたい。料亭等で供される御馳走《ごちそう》に、そろそろ飽きてきている胃の腑なのだろうから、なつかしい故郷《くに》の料理がよいのかもしれぬ。上方ほど知られてはいないが、北前船《きたまえぶね》が着く恩恵で潤ってきた鶴岡や酒田の料理はなかなかのものらしい」

今は冷たいというよりも、計算高い商人《あきんど》の目を向けてきた。

「それはお奉行様の命にございますね」

季蔵は念を押した。

「むろんだ。伊勢参り熱はこれからどんどん上がるばかりだろう。わしはこれを商いの好機と捉《とら》えて、一儲《ひともう》けし普請《ふしん》に回したい。食べ物商いの連中の向こうを張らねばならぬゆえ、盗むという言い方をしたまでだ。本来我らは食べ物商いの連中を含む町人たちを支える役目にあるゆえ、張り合う商いは感心できないが――。とはいえ、この話、決して連中に先を越されてはならない。まわり廻《まわ》っていずれは皆のためになるのだからな」

烏谷は丁寧な説明をした。

「わかりました。ただし、鶴岡や酒田の料理なら庄内《しょうない》藩江戸屋敷のお侍様方から先代が伺って記したものや、わたしが直《じか》に伺って書き留めたものがございますが、伊勢参り料理とおっしゃられてもまるで見当がつきません」

言うまでもなく季蔵に伊勢参りをしたことはなかった。

「わしは伊勢の御師《おんし》が振る舞う豪華な夕餉の膳《ぜん》だと思っている」

「なるほど御師様の膳だったのですね」

伊勢参りに付きものなのが御師であった。太夫《たゆう》とも呼ばれる、伊勢神宮の権威とご利益を広める役職で、各地を訪れてよい特権を持っている。信者である檀家を増やすのがお役目で、そのために伊勢講を提案した。伊勢講とは伊勢神宮に参拝する際、檀家の集団毎《ごと》に路銀と滞在費を積み立てる仕組みであった。今年は誰々《だれだれ》、来年は誰々とまだ行っていない者たちが皆の代表で伊勢参りをする。

伊勢まで歩き通さなければならない代表たちには、御師の邸宅での豪華なもてなしという恩典がある。一方一緒に積立金を工面してきた人たちには、ここ一年、お伊勢様からのご利益が約束されるというのが御師の説く伊勢講による伊勢神宮信仰の醍醐味《だいごみ》であった。

「一度伊勢参りをした者はもう一度行きたいと必ず洩《も》らすのだそうだ。お伊勢様のご利益の方は目に見えぬが、御師の家での贅沢三昧《ざんまい》は舌にしっかりと沁《し》みついて離れぬゆえな。そう洩らす話に憧《あこが》れて伊勢参りをしたいと思う者も沢山いることだろう。病や高齢等種々の事情で行けない者だけではなく、もう一度伊勢参りの馳走にありつきたい者や、伊勢講の金を出せない者とて、一度くらい行ったつもり、貯《た》めたつもりで、御師の家での伊勢参り料理を堪能《たんのう》しても悪くはなかろう。これぞもっとも安い伊勢参りよな」

そう言って烏谷は片袖《かたそで》から二つに折り畳んだ紙を取り出した。

「江戸にも密《ひそ》かに御師は来る。これは知り合いになったさる御師の家のもてなし膳の中身だ」

季蔵が渡された紙には以下のようにあった。

一の膳

御造り　鯛《たい》刺身　鮑《あわび》刺身　伊勢海老《いせえび》刺身　煎《い》り酒添え

和え物　白身魚の和え物　烏賊《いか》か蛸《たこ》の和え物
飯物　白飯
汁物　伊勢風汁
煮物　伊勢風煮物
なます　伊勢風なます
二の膳

三の膳
汁物　鯛の汁物　湯葉《ゆば》の汁物
焼き物　鮎《あゆ》の塩焼き　焼き蛤《はまぐり》

「わたしはまだ伊勢に足を運んだことがありませんが、豊かな海の幸に恵まれていると聞いております。さすがに伊勢らしい贅沢膳ですね」

季蔵は思わずため息を洩らした。

——これだけの材料、特に伊勢海老の中でも最上とされる短足となると、揃えるのは大変だし、二の膳は御馳走なますしか思いつかない。とっつぁんの日記には遷宮諸祭《せんぐうしょさい》の饗膳《きょうぜん》を参考にして伊勢風なますならぬ御馳走なますが考案されていたな——

「そしてこれは大仕事です」

率直な言葉を口にすると、

「窮屈に思い悩まず、必須《ひっす》の伊勢海老のほかは、ふんだんに魚介を揃えればよいのではないか？　伊勢海老は鎌倉《かまくら》で獲《と》れれば鎌倉海老、外房《そとぼう》で獲れれば外房海老、伊勢で獲れるから伊勢海老、ようは同じ海老なのだからわしが何とかする。後はそちで出来る。出来ないはずもない」

食えない相手の烏谷は狡《ずる》そうに笑って激励した。

「仰せの通りにいたします。その代わり、折入ってご相談がございます」

ここで初めて季蔵はあの一件の詳細を口にした。

「田端《たばた》様と松次親分が関わったおかげ参り騙りの仕業かもしれないと思ったりしています。かなりの数の徒党だったようなので、残党がまだ居るのではないかと――」

「しかし、おかげ参り騙りたちは頭こそ博徒だったが、市中外の夜逃げした商人や元からの物乞《ものご》いが多かった。やたら宿や飯、小金をねだり歩くそんな連中が、そちを標的にして金箔《きんぱく》を送り付ける余裕があるとは思い難い」

烏谷の目は常のものとなって、冷たく冴《さ》え冴《ざ》えと輝いている。顔全体が笑っていないと怖すぎるほど真実へと見開かれたあの目だった。

「たしかにそのような者たちが、一膳飯屋の主《あるじ》に飯をねだることはあっても、命を奪おうとするとは到底思えません」

烏谷の醒《さ》めた指摘のおかげで季蔵は平静を取り戻していた。

「ところで、一つそちに話しておかなければならぬことがある」

「何でしょう」

「瑠璃《るり》と関わっている。お涼《りょう》もわしもよかれと思ってのことだったのだが裏目に出たのかも——。取返しのつかない、すまないことをしてしまったのかもしれない」

烏谷は珍しく目を伏せた。

「どのようなことです？」

季蔵は相手を急《せ》かした。

「世に季節寄せと言われる、時季のものを売り歩く稼業があろう。例えば春先なら桜草、夏は蚊帳《かや》、秋ともなれば十五夜の薄《すすき》売り、冬は正月用の松飾り等だ。これらを売り歩く者たちの暮らしは厳しい。同じ売り歩きでも、時季と関わりなく一年を通して同じ物を売り続ける、飴《あめ》売りや納豆、豆腐売りたちと比べてとかく暮らしが定まらないのだ。それで季節寄せの元締めが考え出して、わしに相談してきたのが時季を問わぬ品を売り出すことだった。その元締めは瑠璃の紙花が瓦版《かわらばん》に載って以来、人気を呼んでいることに目を付けたのだ。紙で出来た花なら萎《しお》れたりも枯れたりもしない。買い手にも売り歩く者たちにとっても、重宝この上ない。今の時季、もとめた紙花の紫陽花《あじさい》は来年と言わず、色が褪《さ》めるまで楽しめる。花の種類は多く、瑠璃の頭の中には今まで見てきた花がぎっしりと詰まっているようだ」

――まさか、お奉行は瑠璃の技を季節寄せの元締めに売ったのでは？――

この時無言で応えた季蔵に、

「申しておくがケチな季節寄せなどで稼ごうとは思ってはおらぬぞ」

察した烏谷は一時声を荒らげたが、

「おかげで元締めも売り歩く者たちも喜んでおる。花だけではなく虫までよく売れる花や虫籠《むしかご》のおかげで、幾らか暮らし向きもよくなったようだ。花だけではなく虫までよく売れるのには驚いた。折り紙で出来た蝶《ちょう》や蜻蛉《とんぼ》、蟬《せみ》、鍬形《くわがた》、飛蝗《ばった》、蟷螂《かまきり》までもが売れに売れているのだそうだ。瑠璃は紙で作った虫で、女子《おなご》だけではなく、男にまで人気を広げた。幼き頃、ほとんどの男が虫を相手に遊んだであろうし、瑠璃の指先が紡がない以上、命を得ることのない貴重さゆえに、折り紙の虫の人気は鰻上《うなぎのぼ》りだと聞いている。江戸土産《みやげ》を売る草紙屋の何軒かでも、店に紙花や折り紙の虫を並べたいと言ってきているそうだ。対価はお涼が責任を持って預かっておる」

淡々と事の次第を告げて、

「正直、伊勢参り熱に便乗しての食べ物商いも、瑠璃の手仕事を見ていて思いついた。あれば心が豊かになるが無くてもいい時季の風物の一つ、二つが、目先を変えただけでこれほどの人気を得られるとは――。ならば、生きることと直に結びついている食べ物商いが儲からぬはずがなかろう」

一気にまくし立てて締め括《くく》った。

「伊勢海老と瑠璃のことは何とかする。すでに伊勢参り料理や庄内料理を出す店は、店を畳んだ料理屋を押さえてあるゆえ、なるべく早く目途《めど》をつけてほしい」

そう言い残して烏谷は帰って行った。

——引き受けたものの、これは大変だ——

その夜一晩、離れに籠《こも》って調べ、考えた季蔵に翌日烏谷から以下の文が届けられた。

三

青葉の香る良き時季となったゆえ、お涼に付添わせて瑠璃を箱根《はこね》の宿で湯治させることにした。瑠璃はこのところ、相次ぐ注文で根を詰めすぎているようにも見受けられていた。不思議なことに、紙花や折り紙の虫の注文があると急かしなどしないのに、瑠璃は必ず間に合わせているようだ。二人と一匹——あの虎吉《とらきち》も一緒だ——を明日江戸から発《た》たせる。人の噂も人気も七十五日と続かないのがこの江戸のよいところだ。手仕事が瑠璃の生き甲斐《がい》になっているようにも見えたがやはり、ここいらが潮時と思う。箱根の宿はわしの古くからの知り合いで、女将《おかみ》の人柄も良いゆえ案ぜずともよい。嵐《あらし》が過ぎ去ったら早々に呼び戻す。

烏谷椋十郎

季蔵殿

この文を読んだ季蔵はひとまず安堵《あんど》した。

そしてその翌々日から烏谷から頼まれた料理を三吉相手に試作し続けることとなった。

「一の膳の刺身は試すには及ぶまい。和え物からやってみよう。伊勢の海を踏まえて贅沢に生の魚介を和え物にしてみようと思う。時季の白身魚は鱸《すずき》にして、やはり旬の烏賊と蛸は両方とも拵《こしら》えることにした」

早速、季蔵は鱸の刺身を一口大に切り、小指の先ほどの長さに切った韮《にら》を合わせて、胡《ご》麻油《まあぶら》、醬油で調味した。

「三つ葉と和えて煎り酒をかけまわしても、さっぱりとして旨いのだが、それでは刺身とあまり変わらなくなり、この献立がつまらなくなるからな」

次には蛸の和え物に入る。

季蔵は蛸をたっぷりの湯で茹で上げ、笊にとった。

次に俎板《まないた》の上に胡瓜《きゅうり》を置くと、

「出ました。蛸にはやっぱり胡瓜だよね」

三吉が手を叩《たた》いた。

胡瓜は両端を切り落とし、当たり棒で軽く叩いて一口大にする。茹で蛸の足をさっと水洗いして水気を拭《ふ》き、胡瓜とほぼ同じ大きさに切る。酢、煎り酒または薄口醬油と叩いた梅干しの果肉、砂糖、塩、おろし山葵を鉢に取り、このタレに蛸と胡瓜を入れて味を馴染《なじ》ませる。

「胡瓜と蛸のこんな食べ方もあるぞ」

季蔵は残っていた蛸を一口大に切り、山芋を千切りにした。胡瓜はすりおろして、紙を敷いた鉢に入れ、水気を軽く絞った後、適量の酢で味をつける。丸く平たい皿に山芋、蛸の順に重ねて、すりおろして調味した胡瓜を載せ、白い炒《い》り胡麻を振って仕上げる。

「蛸と山芋の胡瓜酢かけだね」

三吉が名付けた。

最後の和え物は烏賊だった。烏賊は皮を剝《は》いで刺身の烏賊素麵に造る。これに昆布《こぶ》の佃煮《につくだ》を入れて混ぜ合わせて、炒った白胡麻を振ると昆布烏賊素麵となり、生姜《しょうが》の絞り汁と塩、青紫蘇の千切りを合わせると生姜烏賊素麵になる。輪唐辛子《わとうがらし》はどちらに入れても、ぴりっとした辛さが食を進める。

「蛸と烏賊の和え物はどっちも食べられるといいな」

三吉がふと洩らすと、

「そうしよう。それも豪華膳のもてなしだ」

季蔵は笑顔で頷《うなず》いた後、

「さて、いよいよ二の膳に入るぞ。まずはとっつぁんの日記にあった、格別に具沢山な御馳走なますからいきたいのだが、困ったことにこの料理は大根や人参《にんじん》、蓮《はす》、牛蒡《ごぼう》の他に、生秋刀魚《さんま》まで使われていて、秋冬向きなのだ。なますに大根は付きものだが今の時季は辛みの強い夏大根しかない。そこで本格的に遷宮諸祭の饗膳の中のなますを作ることにした」

料理の変更を告げた。

「何？　その遷宮諸祭の饗膳って？」

三吉は目を丸くした。

「とっつぁんが遺《のこ》した珍しい本の中に書かれていた。遷宮とは天武《てんむ》天皇が決めて、後を継いだ持統《じとう》天皇が行って以来、連綿と続いてきた伊勢神宮ならではの儀式の一つで、二十年毎に社殿を新築する習わしだそうだ。その際供される饗膳は神様への供えではなく、神に仕える者たちのためだという。神様からの有り難いお恵みと考えていいのだろうな。伊勢参り御膳なのだから、伊勢神宮と所縁《ゆかり》の深い料理が入っていても悪くない」

「いったいどんな料理なんだろ？」

三吉は身を乗り出した。

「これが饗膳のなますに使われるものだ」

季蔵は集めたものが載っている盆を調理台の上に置いた。

「刺身の鯛以外はすべて乾きものばかりだ。乾かした栗《くり》、切り干し大根、木耳《きくらげ》はすでに戻して刻んである。今時分は、栗同様、乾いたものしかない、小さく薄く剝いだ柚子《ゆず》の皮はそのまま使うとしよう」

こうした素材をすべて混ぜ合わせて、おろし生姜と酢を加えて仕上げる。二人して箸を

使い、大昔から好かれて
「味わったことのない深ーいお味。それとぷんと来る柚子のいい香り、大昔から好かれてたんだね。もしかして神様からいただく香りとお味？」

「そうかもしれないぞ」

「ありがとうございました」

三吉は神棚に向かって深々と頭を下げ、知らずと季蔵も倣《なら》っていて、

「ありがとうございました」

礼の言葉を重ねていた。

「畏《おそ》れ多いがこれを伊勢風なますとしよう」

「それにしても鯛の刺身入りだなんて。おいら、なますって大根と人参の千切りを酢漬けにしたもんだとばっかり思ってたよ」

「膾《なます》と書くなますは隣の大国から伝わった料理で、そもそもが魚や鳥、ももんじを使う料理だったのだから、こっちが正統なのかもしれない」

続いて季蔵は伊勢風煮物と伊勢風汁を拵えた。伊勢風煮物は饗膳での鳥汁を元にした。鶫《つぐみ》の代わりの鶏肉《とりにく》をよく叩いて団子に丸め、醤油、味醂、砂糖、出汁で煮る。同様の出汁で煮た牛蒡のささがきと合わせて皿に盛り付ける。

饗膳の鯛汁から伊勢風汁を考案した。皮付きのまま湯引きした鯛のサクを刺身のように切って、麹味噌《こうじみそ》を添える。

普通の味噌は米に麹菌を植え付けて作る米味噌であり、麦や豆を使った麹から作られた味噌が麹味噌である。

「麦味噌にするか大豆《だいず》から作る豆味噌にするか迷ったが、渋味と独特な旨味を持つ濃厚で辛口の豆味噌にした。この味は煎り酒ともまた違う、鯛の湯引きの格別なタレになる。さぞかし炊きたての白飯が進むことだろう。それに伊勢路では古くから豆味噌が作られ、食されてきた」

季蔵は豆味噌を選んだ理由を話し、先を続けた。

「三の膳に入る。まず焼き物から。旬の焼き鮎と旬が少し過ぎているものの、焼くことで風味を取り戻せる焼き蛤は刺身同様、新しいものを強火の遠火でじっくりと焼き上げる。鯛の汁物、湯葉の汁物の方は、夏ならではの花火のように、華やかに工夫したい。忘れられない菜または肴にしたい。断っておくが鯛汁と鯛の汁物は同じではないぞ」

「工夫たって汁物なら、しっかりと昆布か鰹節でとった出汁に鯛や湯葉を沈めて、これらに合う青味なんかを飾るだけじゃないの？」

三吉は首を傾《かし》げた。

「わたしは饗膳の鳥汁から伊勢風煮物を、鯛汁から伊勢風汁を思いついた。饗膳には鳥汁、鯛汁とあるが、実はこれらはわたしたちが馴《な》染《じ》んできた味噌汁や清汁《すましじる》ではないようなのだ。汁とは醤油をかけるとか、味噌を含むタレで食するとか、調味した出汁で煮込むとかの料理を示しているのではないかと思う」

「鯛や湯葉の菜または肴ってこと?」

「そうだ」

「それなら、これだってものを考えて拵えられるよね。湯引きの鯛を豆麴味噌につけて食べるのは被《かぶ》っちゃって駄目だけど、季蔵さんなら、あっと驚かせる鯛料理を拵えられるに決まってる」

三吉は熱の籠った口調になった。

「それでは楽しみに見ててくれ」

季蔵はまず、すでに朝早く買い求めてから、晒《さら》しを載せて重石《おもし》をかけてあった木綿豆腐を俎板の上に置いた。

「湯葉の元は豆腐と同じだから、湯葉の兄弟分を使ってもかまわぬだろう」

鮎の幅と大きさに合わせ、柱状に切る。

「裏から蓼《たで》の葉先を摘みとってきて、すりおろしてくれ」

季蔵に頼まれた三吉は言われた通りにした。

季蔵の方は切った豆腐に薄く小麦粉をはたきつけ、熱した油でからりと狐《きつね》色に揚げ、軽く塩を振った。

「なあんだ、これじゃ、ただの揚げ豆腐、細長い厚揚げだよ」

鼻を鳴らした三吉に、

「まあ、最後までつきあえ」

季蔵は笑みを浮かべ、すりおろしてある蓼に酢を合わせて、揚げたてあつあつの揚げ豆腐の上にそろりとかけた。

「食ってみろ」

気のない様子で口に運んだ三吉は、

「あっ、これ」

思わず叫んだ。

「鮎の匂《にお》い、わかった、鮎もどきだね」

遊び心満載のもどき料理には、雁《がん》の肉に見立てたがんもどき、うどんに見える烏賊うどん、豆腐にすりおろした山芋を加えて平たい形にしてつけ焼きにし、海苔《のり》をぺたりと貼《は》り付けて蒲焼《かばや》きに見せかける鰻もどき等がある。

「たいていのもどき料理は見た目似せなのだが、これに限っては鮎の真骨頂である香りを似せてみた」

「おいら、今までずっと鮎の匂いは綺麗な川の水苔《みずごけ》で育つ鮎だけのもんだって思い込んでた。けど、実は蓼の匂いも鮎にそっくりだったんだね。それだもんだから、蓼酢をかけた焼き鮎は、あの青くて西瓜《すいか》みたいな香りが、とことん清々《すがすが》しく強いんだってわかったよ。蓼を見直しちゃった。それに焼き鮎に鮎もどきとは大洒落《おおしゃれ》だよ」

三吉はすっかり感心していた。

四

「まだまだ、もどき料理が続くぞ」

季蔵は乾かした餅《もち》を揚げた、煎餅《せんべい》の一種であるかき餅を大きめの紙袋に入れて麺棒で叩き、粉々に砕いた。

「えっ？　いつの間にかき餅なんて拵えてたの？　塩梅屋《うち》は煎餅屋じゃないでしょ？」

「油で揚げてあるかき餅は、砕いて使うといい按配《あんばい》のつけ衣になるんだ。特に魚の身につきやすい。だが煎餅屋で売っている塩や砂糖がついているものは、焦げやすいので使えない。何より高い。自分で拵えるに限る」

そう説明して季蔵は俎板の上に鯛のサクを置いた。

「刺身や湯引き、伊勢風汁や鯛の汁物にしたさっきの鯛のサクは今日の昼前、季蔵さんから言われて、おいらが河岸《かし》に買いに行ったもんだよね。まだ、サクどりの鯛あったんだね」

三吉は不審な目を俎板の鯛のサクに向けた。

「これは昨日の夕刻、店の前を通った棒手振《ぼてふ》りから買った余り物だ。離れの涼しい場所に置いて寝かせていた」

季蔵の応えに、

「寝かせてただって？　鯛サクっていうのは基本、刺身でせいぜいが和え物だよね。鯛は鰹や鯖《さば》なんかほどは傷みやすくないけど、今は夏だし、昨日のはちょっと危ないんじゃない？」

三吉は案じ続けた。

「その心配はこの鯛を生で食べると決め込んでのことだろう。大丈夫、これは刺身にも湯引きにも、和え物にもしない」

季蔵は鯛のサクの厚みの部分に包丁を滑らせて観音開《かんのんびら》きにした。そのべろんとした鯛の白い身に片栗粉《かたくりこ》、かき餅の順でまぶしつけておく。すでに開いた段階で、俎板からはみ出るほどの大きさになっていたので、かなり大きめの俎板に替える。

「ここからが料理とは違う、ちょっとした手仕事で面白い」

季蔵は裁縫に使う裁ち刀（裁ち鋏《ばさみ》）と握り鋏を取り出した。

季蔵は錆《さ》びないように気をつけて、手入れを怠らず、昆布を一定の大きさに切り揃えるのに使っている。

季蔵はまた麺棒を使った。今度は小指の先の先ほどにまで伸ばしていく。

「鯛の刺身はぷりぷりが命だろう？　だがぷりぷりでは伸ばしにくい。このようには伸びない。それもあってやや古くなったのをこれには使う。生では供さないので案じることもない」

そう言い切った季蔵は掌《てのひら》半分ほどの大きさの蛤の形をした型紙を取り出した。

「伊勢のほど近くには蛤で知られている桑名《くわな》があることだし、お伊勢参りの土産に最も多いのが蛤の佃煮《つくだに》だとも聞いている。それでここのもどきは蛤にしてみた」

季蔵は伸ばした鯛の身の上に蛤の型紙を置くと、ざっと裁ち刀で切り取り、握り鋏で細かい箇所を蛤の形に整えた。一心不乱にこれを続ける。

――瑠璃もこんな風な手仕事で紙の花や虫の折り紙を拵えていたのだろうか？ 箱根の宿に居る瑠璃はお奉行がおっしゃってくださったのだから、間違いはないとは思うが無事だろうか？ 好きな手仕事を続けていられるのだろうか？――

そんな想《おも》いが突き上げてくるとたまらなくなって、

「揚げ油の加減はするから、後はおまえがやってみろ」

涙を見せたくない季蔵は三吉に後を任せて竈《かまど》の方へと歩いた。

「ほんと？ ほんとにおいらがやっていいんだね。おいら、煉《ね》り切りにはちょい自信あるから、実はやりたくて仕様がなかったんだよ」

三吉は喜々として握り鋏を手にした。

煉り切りは上生菓子の一種で、菓子好きの三吉は嘉月屋《かげつや》の主嘉助《かすけ》に、時折、菓子の手ほどきを受けている。四季の移り変わりを託した上生菓子が煉り切りであり、花鳥風月のほかに花火や涼み船、松茸《まつたけ》、手毬《てまり》や羽子板等が、幅広く模されている。

「出来た、出来た、いい形に出来た」

三吉が自信のほどを示した蛤形の鯛が鍋の油の中へと交替で沈んでいく。狐色になったところを引き揚げて、箸で叩くとコンコンと揚げ煎餅が叩かれた音がした。

「今度は匂いじゃなくて、見かけ命。だから蛤もどきの鯛煎餅なんだね。ちょいと一枚――」

三吉はぱりんと優しい音をたてて蛤もどきの鯛煎餅に歯を立てた。

「上品な音だ」

季蔵の言葉に、

「お伊勢さんの豪華膳にぴったりだよ」

三吉はしみじみと相づちを打った。

そして、季蔵はここまでの試作の品を重箱に詰め、くわしい説明書きを添えて奉行所の烏谷へ届けた。


お奉行様、お申し越しの伊勢参り御膳の品書きを試作してみましたので、説明書きと共にお届けいたします。

一の膳
御造り　鯛刺身　鮑刺身　伊勢海老刺身　煎り酒添え
・伊勢海老だけではなく、鯛、鮑の入手をよろしくお願いいたします。伊勢御膳と定めて常に供させていただくには、伊勢海老はもとより、人気が高い鯛、鮑も数を揃えるのは至難です。

煎り酒は当方で拵えます。

和え物　白身魚の和え物　烏賊か蛸の和え物

・白身魚は旬の鱸、和える青物は韮、調味は胡麻油と醤油に決めました。烏賊、蛸の和え物は二種ずつ用意して、お客様にお好みで選んでいただくことにしました。

二の膳

なます　伊勢風なます

・遷宮諸祭の饗膳にある〝膾〟を元に、鯛の刺身と戻して刻んだ栗、切り干し大根、木耳とを混ぜて、おろし生姜と酢で和え、乾き柚子皮で風味をつけました。

煮物　伊勢風煮物

・遷宮諸祭の饗膳にある〝鳥汁〟を元にした、鳥団子の甘辛醤油煮、ささがき牛蒡入りです。

汁物　伊勢風汁

・遷宮諸祭の饗膳にある〝鯛汁〟を元にした、鯛の湯引きを豆麴味噌でいただく変わり刺身のようなものです。

飯物　白飯
・塩梅屋でお奉行様を含むお客様に召し上がっていただいている米が不可であれば、米屋から御調達願いたく。

三の膳
汁物　鯛の汁物　豆腐の汁物
・遷宮諸祭の饗膳にある汁物は、今日、江戸で供されている汁物ではないようなので、菜または肴と見做《みな》し、焼き物の鮎、蛤各々のもどき料理に拵えました。湯葉の兄弟分である木綿豆腐の細切り揚げ蓼酢かけが鮎もどきで、蛤の形を模した鯛の揚げ煎餅が蛤もどきです。伊勢参りの豪華膳とはいえ、この市中で供し、食するのは江戸の人たちが多いはずですので、是非とも粋な派手さを好む、江戸人の洒落た遊び心を加えたくなったのです。

焼き物　鮎の塩焼き　焼き蛤
・焼き物にして火を通すとはいえ、鮎も蛤も新鮮な物に越したことはありません。お奉行様のお力をお頼みしたく存じます。どうかよろしくお願い申しあげます。
塩梅屋主季蔵

烏谷椋十郎様

追伸
遷宮諸祭の饗膳についての説明は先代の蔵書の一冊を、この文と一緒に届けさせていただくことにいたしました。
なお、まだ鶴岡や酒田の羽州《うしゅう》料理にまでは思いも試作も及んでおりません。お急ぎですか？ ともあれこの旨、もう少しお待ちください。

そして、この文を届けた翌朝、烏谷から以下のような返しの文が届いた。

早速の試作の品、有り難く食した。もどき料理は出色であったぞ。たしかに上様が居られるこの江戸あってのお伊勢様であるのだからな。
一の膳の御造りと三の膳の焼き物に使う魚介は長崎屋五平《ながさきやごへい》に頼んだところ、快諾を得た。もちろん、伊勢の海で獲れたものだ。海老の長い髭《ひげ》と曲がった腰は長寿の証と言われているが、五平の話では二代目市川團十郎《いちかわだんじゅうろう》が團十郎の名を譲った後、二代目海老蔵《えびぞう》を襲名したのは、それにあやかろうとしたに違いなく、その結果、七十歳まで生きたそうだ。また、五平の主催する噺《はなし》の会でもこの豪華膳を振る舞って欲しいとも言っておった。
一つ、難題がある。伊勢参り熱を料理だけではなく、手軽な菓子や飯物にまで広げたいと言ってきている、商売熱心な者が居る。江戸から伊勢を目指して東海道を行く間に立ち寄る茶店や飯屋に目をつけたのだ。そこで売られていて、旅疲れの心身を癒《いや》す菓子や飯物を幾つか選んで、自分のところで売りたいというのだ。

この案には大きな問題がある。その者は菓子屋でも飯屋でもないので、工夫することなく、選んだ菓子や飯物をそっくり似せて作るだろう。選ばれた特定の菓子屋や茶店、飯屋の名も用いるはずだ。その方が旅情が掻《か》き立てられて売れる。伊勢参りの人気もさらに高まる。しかし、これらの菓子屋や茶店、飯屋は東海道にあり、市中には無い。市中以外の遠方の便宜《べんぎ》を、町奉行であるわしが勝手に取り計っては幾ら何でもまずかろう。

そのようなわしの苦しい立場を話したのだが、相手は商いに境はない、商いならではの御定法があるなどと言い張って退《ひ》かない。とにかく押しが強いのだ。今となっては感謝というより、厚意が仇《あだ》になった思いなのだが、瑠璃の紙花や虫籠を世に出すのに世話になったのは事実だ。まさか、今更、世話にならなければよかったなどとは言えず、こちらの事情も決して話せない。

どうしたものかと考えて、わしはこの伊勢参り御膳に所縁の菓子や飯物を一つ、二つ添えてはと思い至った。もちろん、そちのことだから伊勢参りを念頭に置いて工夫を凝らす、この世に唯一の菓子や飯物になろう。これならわしに支障がない。そうしてくれればこの者への断りに筋道が立つ。どうか、よろしく考えてくれぬか？

季蔵殿

烏谷椋十郎

五

――便りのないのはいいことだと言われるが、瑠璃のことに何一つ触れていない――

箱根での瑠璃の様子が聞けるのではないかと期待していた季蔵は軽い失望を覚えつつ、

――こう矢継ぎ早やに頼まれても、庄内料理の一件もまだだし、そうそう思いつくものではない――

どっと肩の荷が重くなりかけたが、

――お奉行の下知《げち》が料理や菓子だけなのをよしとするべきかもしれない。これに事件と関わって隠れ者のお役目でも重なったら、命を狙われていることでもあるし、たまらない――

前向きに東海道の旅と関わっての菓子と飯物を考えようと決めた。

とはいえ、瑠璃のことが気になって、すぐには浮かばなかった。この日、季蔵は長屋に戻っても悶々《もんもん》として眠れなかった。

――箱根へ行く駕籠《かご》を尾行《つけ》られて、お涼さんともども途中で襲われていたら？　お奉行はああ見えて、大義の前には私事を優先させるお方ではない。伊勢参り御膳や関わる料理を任せ、奇《く》しくもお奉行の大義を担っているわたしに、士気の落ちる凶事など決して伝えては来ないだろう。大義が全うされ、普請にかかる金が工面できたところで、〝瑠璃は気の毒だった、覚悟していたお涼とて懸命に守ったはずだ〟などと言ってのける非情さを持ち合わせている。しかし、たとえそうであったとしても、ここまで深入りした以上、今のわたしはお奉行の命に従うしかないのだ――

烏谷のやり方への不満や不安を、当人にぶちまけずにはいられなくなった季蔵は、空が白むとすぐにお涼の家のある南茅場町《みなみかやばちょう》へと走って向かった。

門の前に立つと、

「お邪魔します」

一応は挨拶《あいさつ》の言葉を玄関へ向けて発した。時が早すぎるせいだろう、挨拶を繰り返しても誰も出て来なかった。さらに、

「烏谷様、お奉行様おいでになりませんか？」

名を呼んだが応えは無かった。

――お涼さんのいないこの家にお奉行もお帰りではないのだ。たとえお涼さんに覚悟ができていたとしても、もし何かあったらと、お奉行とて心配のほどは計り知れぬはずだ――

季蔵はこの時、すっと烏谷への憤懣《ふんまん》が消えたのを感じた。

季蔵は門を開けると、お涼の好みで常に清められ、苔《こけ》をへばりつかせていない石畳を踏んで玄関を入った。

――これは――

さっと一瞬緊張が走った。ぷんと匂いが鼻を突いた。

――馴染みの匂いだ――

上り口に置かれている細長い紙包みの中から匂っている。糠漬《ぬかづ》け独特の匂いであった。念のために包みを開けると中身は切り分けられていない大根一本分の沢庵《たくあん》であった。

――塩梅屋の沢庵もこれだ――

沢庵は練馬《ねりま》大根などの大振りの大根を二十日ほど干して、充分に乾かした後、巨大な樽《たる》に百本ずつまとめて漬ける。それに加える塩や糠の量を加減する事で、三年漬け、五年漬け、七年漬けなど、保存期間を調整する事も出来た。もちろん、沢庵の味は作り手によって各々異なる。

ちなみに長屋は狭いので自家製の沢庵を作る者は稀《まれ》で、練馬の農家と契約して一年分を、定期的に馬で運んでもらえる裕福な家は別として、たいていは塩梅屋のようにその都度、要りような分を漬物屋からもとめるのが常であった。

――間違いない――

季蔵は長いつきあいで弟分でもある船頭の豪助《ごうすけ》が漬物屋の奉公人と所帯を持ってからは、ずっとこの女房から沢庵を仕入れてきている。

女房の名はしん、豪助との一粒種である善太《ぜんた》五歳の母親でもある。手のあかぎれが治る暇もなかったという、漬物屋での厳しい奉公に耐えて、漬物の肝を体得している上、商いの熱心さでは男などに負けていない。今は、漬物茶屋の女将《おかみ》となっており、ため息と共によくこんな愚痴を口にした。

「うちは殿方のお客様が多いんです。女子《おなご》は漬物よりお汁粉でしょう？　昔はおちゃっぴいたちにさんざん追いかけられたっていう、うちの人だってもう年齢《とし》ですしね。たとえうちの人をお店に立たせといたって、女子が集まってなんてきやしません。あああ、あたしがもうちょい器量好《よ》しだったらねえ。うちの茶屋だって殿方たちで押すな、押すなですよ」

こんな風に自分を突き放した物言いができるほど根っからの商人であるおしんは、少しでも売上が落ちると新しい漬物を考案するだけではなく、お茶と一緒に摘まむ肴や白玉等の時季の菓子、沢庵丼《どん》等まで品書きに載せていたことがあった。

微塵切《みじんぎ》りにした沢庵に生姜汁を振りかけ、白い炒り胡麻と一緒に炊き立てのご飯に混ぜた上に、甘辛タレで柔らかく煮付けた蛸の薄い切り身を載せた沢庵丼は、男女を問わずに大した人気を呼んだ。ただし、人気が一過性だったのは沢庵入りの飯の方が、蛸の甘辛煮よりも数段美味だったからだろうと季蔵は思っている。

——蛸の甘辛煮にあとひと手間かけて、さっと遠火の強火で炙《あぶ》れば、ぐんと風味が出て、おしんさんお得意の沢庵に負けていなかったものを——

おしんは根っからの漬物名人ではあったが、もとより料理人ではなかった。ふと、とっくに品書きから消えた沢庵丼に思いを馳《は》せてしまった季蔵は、

——いかん、今はそんなことを思い出している場合ではない。玄関にあるこの沢庵は瑠

璃とお涼さんが旅立つ時、忘れて行ったものに違いない。そして、おしんさんと瑠璃やお涼さんは何年か前、お奉行が催した桜の花見で顔を合わせている。それゆえ、おしんさんとつきあいがあってもおかしくはないが、一度としてお涼さんの口から、おしんさんの名がでたことがない。沢庵を届けてくれる縁だけだから、あえて言わなかったのか？――

そこまで考え及んだ季蔵は、

――違う。お奉行は沢庵好きだが瑠璃は強く長く饐《す》えて籠る沢庵の匂いが苦手だった。もっとも食通のお奉行には、好き、好物、大好物と段階があって、好物、大好物が多々あり、沢庵は好物にも入らない。とすると、たとえお涼さんがお奉行より沢庵好きだったとしても、自分のことより相手のことを先に思いやるお涼さんだけに、あえて瑠璃が嫌う沢庵をもとめたりはしないはずだ。もしかして、この沢庵はあえて置いて行ったのかもしれない――

お涼とおしんとが客と漬物茶屋の女将として縁があった可能性を捨てた。

――このことは後でおしんさんに訊いてみよう――

この後、季蔵は沢庵を包みなおして懐《ふところ》に入れると、座敷や厨《くりや》、瑠璃が起居していた二階を歩き廻った。思えば人のいないこの家を訪ねるのは初めてであった。

――旅の供に持って行ったのだろうが、手仕事の道具だけではなく、瑠璃の部屋にも座敷にも紙花や折り紙細工の虫は無かったな。瑠璃の手による虫は見たことがない。この先、果たして、紙花と共に見られるのだろうか？――

どこも几帳面《きちょうめん》なお涼らしく、一抹の寂しささえ感じられるほど整然と清められている。

しかし、沢庵とは異なる臭《にお》いが漂っている。

——何の臭いだろう？——

季蔵は勝手口から裏手へ出ることにした。

——裏庭を見るのは初めてだ——

引き戸を開ける。

——これが臭いの元だ——

季蔵は眼下に蟻《あり》の大群が川のように流れている様子を見た。その先には蠅《はえ》の群れが渦巻くように同じ場所を飛んでいる。

——どうして？——

季蔵は胸が早鐘のように打つのを感じた。

蠅が飛び回っているところに骸《むくろ》があった。季蔵は手を合わせた後、片袖で鼻を覆い、うつ伏せの骸を仰向《あおむ》けにして、顔面を黒く埋め尽くしている蟻や蠅を払い落とした。知らぬ顔であった。

——あまりに無残な——

頭に深く大きな傷があり、もう一度振り払ったが、その傷の中にまで入り込んでいる捕食者たちを追い出すことはできなかった。

骸は皺《しわ》深く色黒の初老の男であった。絹の光沢を持つゆえに最上質の麻だとわかる、青《あお》苧麻上布《ちょまじょうふ》を、夏だというのにわざと洒落て羽織と対で纏《まと》っている。それですぐに相当の富者だとわかったのだが、体軀《たいく》はがっちりした骨格で長身、大きな顔で顎《あご》が半分ほどを占めているように見えた。とにかく傲岸《ごうがん》そのもののその顔はごつごつした岩のようだった。

半開きの口から覗いている乱杭歯へと、払い落としたはずの蟻たちが向かっている。かっと見開かれた断末魔の赤い目が、曰《いわ》く言い難い怨念《おんねん》を露《あら》わにしている。しかし、そう見えたのは一瞬のことで、次には、そこに卵を産み付けようとする蠅たちで漆黒に埋まった。

──慣れていない者だと倒れかねないだろうが──

お役目で骸を検《あらた》めることもある季蔵は近くの土の上をつぶさに見極めようとした。このところは晴れの日が続いていたので、雨にうたれていない土はほどよく湿り気を含んでいる。履物の跡《あと》等、最も証《あかし》が見つかりやすい状態であった。

──蟻や蠅は骸にならなければ人を食らうことも、ましてや殺《あや》めることもない。人を殺めるのはやはり人なのだ──

人並みよりもやや小さめの草履の跡が目に入った。次に漬物石ほどの大きさの石を見つけた。血に濡《ぬ》れて転がっている。すでに骸の履いている下駄は確かめてあった。骸の足跡ではあり得ない。

その時、裏木戸が音もなく開いて、烏谷が大入道そっくりの顔をぬっと覗《のぞ》かせた。

「これは驚いた」

骸を見たその表情はいつになく青ざめている。

六

——只事《ただごと》ではない——


「お知り合いですか？」

咄嗟《とっさ》に季蔵は訊いた。

烏谷は頷くと同時に懐から懐紙を取り出し、鼻を覆った。

「この男は市中の季節寄せを牛耳《ぎゅうじ》る元締め、島屋《しまや》三右衛門《さんえもん》だ。香具師《やし》の一配下ともいえる季節寄せの元締めを稼業としているが、表向きはどうということのない古着屋を装って、島屋という屋号を名乗っている」

「瑠璃の紙花や折り紙の虫を用いた虫籠に目を付けた男ですね。お奉行からの文にあった、商いに長《た》けていて、押しの強い相手とはこの男だったのでは？」

「そうだ」

「その男がどうしてここでこのような姿に？」

季蔵は烏谷が履いている草履をじっと見つめた。烏谷は身体《からだ》のわりに足が小さく、それでもふっくらした足の横幅はあるので誂《あつら》えが大変なのだと、以前、お涼から聞いたことがあった。

「これは大変だ」

土の上に残っている草履の跡を見た烏谷はにっと笑った。

「これではわしが下手人にされてしまう」

烏谷は片方の草履を脱いで、土の上に残っている草履跡と比べた。

「まさか――」

烏谷の顔から血の気が引いた。土の上の草履跡と烏谷の草履の裏がぴたりと合ったからである。

「失礼」

季蔵はその草履を烏谷から取り上げて、土の上の足跡と比べて、

「間違いありません」

言い切るほかは無かった。

「まさか、そちはわしがこの季節寄せの元締めを手に掛けたと言うのではなかろうな？」

烏谷は憤怒の声を上げた。

「わたしがいただいたばかりの文と照らし合わせれば、この者に対してお奉行様はらしからぬ気の遣いようで、常になく腰が引けておいでのご様子でした」

季蔵は淡々と返した。

「煙たく思っているを通り越して、邪魔だと見做していたと？」

「ええ」

「だからわしが手に掛けたと？」

「思いたくはありませんが可能性はあります」

「なるほどな」

ここで島谷はわはははと大声でわざとらしく笑った。

「わしが元締めの行きつけの料理屋に呼ばれた折、江戸から伊勢へ参る、東海道の名物品である菓子や飯物を市中で売ることはならぬと窘《たしな》めたのは事実だ。しかし、相手は言い出したらきかず、わしの伊勢参り御膳にまで、〝お奉行様だけが役得で御定法を破っていいのか？　こちらの商いを通さなければ、そちらの商いを潰《つぶ》してやる〟と噛《か》みついてきた。そちに打ち明けた通り、たとえ皆を幸せにする普請のためとはいえ、伊勢参り御膳の振舞いとて叩けば多少の埃《ほこり》は出る。それでそちに苦肉の文を書いた。だが、わしは殺していないぞ、断じて殺してなどいない」

「それではお奉行はお涼さんと瑠璃が発って以来、ここへは一度もお戻りではないのですね」

季蔵は念を押した。

「当然だ」

島谷はむっつりと応えて、

「わしがここへ島屋を呼びだしてやりあった挙げ句、かっとなって、石で殴りつけたのだとでも言いたいのか？　しかし、まあ、そちにだけは疑われたくないものよな」

抗議の言葉を口にした。

「お言葉ですが、わたしとてあなた様に疑いなど向けたくはございません。それには、何とかあなた様の草履の足跡がここに付いている理由が知りたいのです。何でもかまいません、島屋三右衛門と会った時、変わったことは起きませんでしたか？」

季蔵は懸命に訊いた。

「うーん」

しばらく頭を抱えていた烏谷は、

「今から半月ほど前のことだった。島屋と料理屋で会ったわしは、したたか飲んでお涼のところへ帰りついた。朝になって、〝また、お履物を間違われましたね〟とお涼に渋い顔をされた。酔っていると、下足番が揃えて置いてくれたにもかかわらず、他の者の草履を履いて帰ってしまうことがたまにある。駕籠の時は料理屋の者が駕籠舁《か》きに話して、取り替えておいてくれるようだが、歩いて帰る時はそのままだ。酔っていたので足に合わずとも気にせずに歩いて帰ってしまう」

珍しく俯《うつむ》いて先を続けた。

「あの夜、島屋と会ったわしは、話を聴く耳を相手が持たず、伊勢参り御膳だけは通す引け目もあって、恥ずかしながらとことん悪い酔い方をしたのだ。だから――」

「間違えた草履はどうなりました？　料理屋が気づいて奉行所に届けてくれるのでは？」

「たしかに翌日にはどこの料理屋からでも届けられてきた。だが、今度ばかりはこれほど日数が経《た》つというのに届けられてこない。履き古してあったものゆえ、捨ててしまったのかもしれぬと思っていた。間違えたものはとってあるがな」

「何という料理屋でしたか？」

「たしか松崎屋《まつさきや》と言ったと思う。料理はたいしたことがないというのにとびぬけて高い。あの八百良《やおりよう》とて尻尾《しっぽ》を巻くほどだ。とにかく庭園の中に幾つも離れがあるので密議には適している」

「わたしがその草履を持って松崎屋へ行き、草履の主、おそらく島屋でしょうが、訊いてきます」

「いやいや、たとえこのわしが出向いたところで肝心《かんじん》なことは答えまいよ。どんな些細《ささい》なことでも、重大な事に繋《つな》がっているかもしれない、富者や身分ある客たちの秘密を守るのが、代々の生業《なりわい》なのだから。そしてその噂を聞いて、秘密を抱えた者たちが新たに集まって来てこそ繁盛している」

――なるほど、たいした壁の厚さだ――

これでは烏谷の身の潔白を晴らす証は何一つ得られないことになる。

この時季蔵は見るともなしに島屋三右衛門の骸の顔を見た。唇の形に蟻が群がって黒い。唇の一部が噛みとられはじめると、何やら藍《あい》色の糸のような塊がはみ出てきた。塊が動いているのは蟻たちがその上に乗っているからであった。

――もしや――

季蔵は躊躇《ためら》わずに手を伸ばすとその塊に指をかけて一気に引き出した。島屋の四角く張り過ぎて、獰猛《どうもう》そのものに見えていた鰓《えら》張りの顔が幾らか人並みになった。季蔵は手にしたものをよく振って付いている蟻たちを払いのけた。

「何とこれは――」

烏谷は驚愕《きょうがく》の余り絶句した。

季蔵もよく見かけていて、今も烏谷の両の足を受けている、鼻緒がやや明るい藍色の草履だった。

「こいつ、わしの草履を、我が物としたのか？」

「そのようですね」

「これでわしへの疑いは晴れたであろう。わしの間違えた草履を、店の者に代わって返しに行くと偽ったのは島屋であろう。わしの深酒を知っての策だった」

「島屋三右衛門にはお奉行の草履を使っての魂胆があったのです」

「そうだ。わしの草履を使って何とか嵌《は》め、東海道の菓子や飯物の市中売りの許しを得るつもりだったのであろう」

「しかし、島屋とて、わが身を犠牲にするつもりなど毛頭ありはしなかったはずです。どうでもいい相手を殺しておいて、草履の足跡を脅しのネタに使い、黙っている代わりに、東海道の菓子や飯物の権利を寄越《よこ》せとお奉行様に迫ればいいのですから。第一骸になってしまっては商いも大儲けもありません」

「もはや、言わずもがなのことだが島屋三右衛門には仲間か黒幕が居たのではないか？　わしの草履を我が物にして嵌める道具に使おうとしたのも、その者の差し金ではないかと思う」

「そうですね。島屋は仲間の指示通り、お奉行様の草履を手にして約束のこの場所へ来た。草履を渡すためです。まずは片袖から片足分を出して渡した。島屋は後頭部を割られていました。他愛ない話をしているうちに、相手に後ろに廻られ、隙《すき》を突かれて石で殴られた。少なくとも島屋は相手を信じていたのでしょう。そして殴られてすぐには死ななかった。それで咄嗟に片方の草履を口の中に隠しました。相手の裏切りを怨《えん》じるあまりの火事場の馬鹿力ならぬ、顎外しが出来たのです」

七

「うがった見込みだ」

烏谷は褒め言葉とは裏腹に憮然《ぶぜん》として、

「一つ釘《くぎ》を刺したいことがある」

季蔵を見据えた。

季蔵は無言で相手の言葉を待った。

「そちはわしの配下にある」

「仰せの通りです」

「しかし、わしの悪行は許すまい」

「はい」

「わしがその仲間でこやつを殺した下手人だと思うか？」

「いいえ」

季蔵はきっぱりと言い切った。

「ならばこれは無かったことにしてくれ」

やおら烏谷は近くに落ちていた木切れを手にすると、土の上の足跡を消し始めた。

「手伝いましょう」

季蔵も木切れを拾った。

「あなたを信じられなければこのお役目は続けられません」

「よく言ってくれた」

烏谷の目が潤むのを季蔵は久しく見ていなかった。

「わしでないということは他に下手人が居るということだ。探し出さねばならぬ」

「お任せください」

「そちには気にかかる話をしなければならない」

「何事でございましょう？」

この時季蔵はそれは瑠璃と関わってのことではないかと直感した。

「季節寄せの元締め島屋三右衛門に、瑠璃の紙花や折り紙の虫を見せたのは、実はあの船頭豪助の女房のおしんなのだ」

「おしんさんとお涼さんや瑠璃はお奉行の開かれた花見で知り合っていました」

「そんなおしんにお涼が市中でばったり出会い、世の女の常で立ち話をした。その時お涼は瑠璃の紙花の話をつい洩らした。それからおしんはたびたび、わしやお涼は好きだが、瑠璃は好まない沢庵漬けを手土産にしばしばここを訪ねてくるようになった。あの女は根っからの商人ゆえ、何か魂胆がありそうだと思っていたところへ、自分が仲介して、季節寄せの元締め島屋三右衛門をわしに会わせたいと言ってきた」

「島屋三右衛門はお奉行のお知り合いではなかったのですね」

「季節寄せの元締めは香具師の仲間だ。勝手に名乗っている屋号とて、お上に届け出ているものではない。常なら奉行たるもの、いわば無宿人同然の輩《やから》とは酒など酌み交わさぬわ。返す返すも関わったことが悔やまれる」

烏谷はいつになく、すでに骸と化してしまっているというのに、相手への憤りを隠さなかった。

「島屋三右衛門はおそらく、おしんさんの漬物茶屋のお客さんだったのでしょう？　おしんさんはせっかくついた上客を失うまいとしたのですよ」

季蔵がおしんを庇《かば》う物言いをすると、

「儲けるためなら何をしてもいいというものではないぞ」

烏谷はぴしゃりと言い切って後を続けた。

「おしんはお涼から瑠璃の紙花や折り紙の虫のことを聞いて、すぐに季節寄せの元締めである、上客の島屋三右衛門に結びつけたのだろう。客として話をするうちに、島屋が瑠璃の紙花売りや折り紙の虫売りに乗るだろうとわかったのだ。そしてまずは島屋に話して商いの爪《つめ》を伸ばさせると、わしが起居していると知っているここへ仲介の労を取りにきた。そして、わしは不覚にも聞く耳を持ってしまった。言っておくがこの時わしは、瑠璃の上前を撥《は》ねようなどとは思っていなかったぞ、信じてくれ。瑠璃に少しでもいいから外と関わらせたかった。何か一つのきっかけで心が開くこともあると医者も言っていたのだ。片やおしんの方は違う」

烏谷は大きな丸い目をぎょろりと剝《む》いた。

「わたしが戸惑いを感じているのは、なぜお涼さんはこのわたしに紙花売りや折り紙の虫売りの話をしてくれなかったのでしょうかということです。瑠璃の恢復《かいふく》が促せることならば話してくれてもいいような気がします」

「わしはお涼に口留めなどしてはおらぬぞ」

――だとすると、お涼さんはお奉行にも知らせていない何かを知っているのでは？　こんなことではやはり、箱根の瑠璃の身が案じられるが、今、市中を離れるわけにはいかない――

季蔵の鳩尾《みぞおち》の辺りが不安で固まった。

――お奉行はおしんさんを疑っている？――

季蔵は固まっていた鳩尾が締め付けられるのを感じた。

「ところで、そちが懐にしまっているものは何だ？　出せ、臭うぞ」

烏谷は鋭く指摘してきた。

――ここで惚《とぼ》ければますます、おしんさんが疑われる――

言われるままに季蔵は懐にしまっていて温まり、さらに匂いの強くなった沢庵の包みを取り出した。

「それをどこで見つけた？」

「ここの家の玄関口です。瑠璃が匂いを好まないのでお涼さんが、あえて置いて行ったのではと思います」

「違う。島屋三右衛門との仲介に乗り出した頃から、おしんは沢庵を手土産にしていた。そして、二人が発つ日の前にすでにおしんの沢庵はとっくに切れてしまっていた。おしんの方は首尾よく仲介が済んだので、このところ訪れなくなっていたし、知っての通り、気《きっ》風《ぷ》が売り物の元辰巳《たつみ》芸者のお涼は催促などする女ではない」

「おしんさんは二人が発った後ここへ来たのだと？」

「そうとしか考えられない」

何のためにと言いかけて季蔵はその言葉を呑《の》み込んだ。

――おしんさんが島屋三右衛門の本願だった、伊勢までの東海道の菓子や飯物を売る商いに、一枚嚙もうとしていたとしたら？――そのために瑠璃の手仕事をだしにして、お奉行との仲介を引き受けていたとしたら？――

季蔵は立ち込める暗雲を見たような気がした。

――まさか、おしんさんが島屋の仲間？　ここへ来て、そして、儲けを巡って争っているうちに――、あり得ないそんなこと――

そんな季蔵の胸中を察してか、

「そこをわきまえて、一刻も早くこやつを殺めた下手人の目星をつけよ」

烏谷の口調は厳しい言葉とは逆で優しかった。

「わかりました」

季蔵が深々と頭《こうべ》を垂れると、

「それと十日後、両国《りょうごく》に旅籠《はたご》を兼ねる料亭両国伊勢屋《りょうごくいせや》を開く。ここは元は跡継ぎに恵まれぬせいで、故郷の大坂へ隠居した豪商の持ち物だったと聞いている。畳替えや柱の傷等の直しはもとより、蓮の花が見事な眺めの庭の手入れも済んでいる。花火見物もいいぞ。注文を取ったところ、新しく出来る料亭の二階からは花火も見物できるとあって、まだ開いてもいないうちから我も我もと人が押しかけてきて、大変なことになっている。中には屋形船に出張して、百人分の伊勢参り御膳を出してくれという向きもある。これはずっと威張りくさってきた江戸一の料亭八百良を凌《しの》ぐ人気になるかもしれぬな。わはははは」

烏谷は会心の高笑いを響かせた。

――このお方らしい切り替えの早さだ――

季蔵が半ば呆《あき》れていると、

「伊勢参りで旅人たちが味わう御師御膳にも増して、伊勢らしい有り難さと、将軍家のお膝元であるこの江戸の粋さを加えた、天下一品の伊勢参り御膳、そちの才と苦心あってのものだ。礼を言う」

烏谷もまた頭を下げた。

――人を乗せるのも上手《うま》い――

「そこでだ」

烏谷は既に頭を上げている。

「瓦版屋の話によれば、まだ料理を食うてもいないのにここまで人気があるわけは、伊勢参りという四文字にあるようだ。伊勢の神様に格別の想いがあるのだ。伊勢神宮には神代の昔からの神々が祀《まつ》られている。そんな尊い神様方と関わって、伊勢参り御膳の他にあと一膳、そちの才を発揮してはくれまいか？」

――まだ、さらなる頼みがあったとは――

さすがの季蔵も限界に来た。

「すでに庄内からおいでの方々のなつかしい故郷の料理だけではなく、伊勢行き東海道中の菓子や飯物まで仰せつかっております。どちらも思いつかぬままです。その上、神々と関わる膳などとおっしゃられても困ります。わたしには手に余るのでお許しください」

「ならば、島屋三右衛門のごり押しも無くなったことでもあるし、伊勢行き東海道中の菓子や飯物はもうよい」

骸をちらりと見た烏谷は策を変えた。

「庄内のお方のなつかし膳と伊勢参り御膳、どちらが先でございましょう?」

「それは言わずと知れたこと、十日後に訪れるお客人が先だ。酒田の豪商三田九左衛門《みたくざえもん》の娘御とその供の者たちだ。伊勢参り御膳の翌日の夕餉は、酒田ならではの豪華なもてなし料理で供したい」

「承知いたしました」

応えたものの、季蔵は困り果てていた。

——塩梅屋に来て、庄内ならではの名物料理の話をしてくれたのは、参勤交代で江戸に来ていた家臣の方々だった。酒田ならではの豪華なもてなし膳など知る由もないのだ、いったいどうしたらいいのか?——

ちなみに酒田の豪商三田家は、逼迫していた奥州の大名たちに金を貸す大名貸しや、北前船交易の隆盛で巨万の富を得ている。もてなし料理はなまじの大名家よりも贅沢であってもおかしくはなかった。

第三話　おかやつめ

一

島屋《しまや》三右衛門《さんえもん》の骸《むくろ》は季蔵《としぞう》と烏谷《からすだに》の二人で深夜、亀島川《かめじまがわ》に架かる霊岸橋《れいがんばし》を渡り、大川端《おおかわばた》に運んで放置した。運ぶ途中、骸に取り付いて、うようよと這《は》い上ってくる蟻《あり》がちくちくと刺してくる。

「罪を犯した気分だろう？　だが、別宅とはいえ、わしが住んでいる家で見つかるのはやはりまずい」

　烏谷は季蔵の胸中を察したかのように言った。

　島屋が殺された事実を瓦版屋《かわらばんや》は書くには書いたが深追いはしなかった。河原の骸を検分した田端《たばた》と松次《まつじ》は、例によって、季蔵の許《もと》を訪れた。田端は変わらず冷酒を飲み、松次は甘酒と夏烏賊《なついか》のくるみ和《あ》えに舌を鳴らしていた。二人はどちらかといえば機嫌がよく、淡々と箸《はし》を動かしながらこんな話をしていた。

「遅かれ早かれこうなると思ってやしたよ、因果な稼業の奴《やつ》でしたからね」

松次の言葉に田端は頷《うなず》いた。

「独り者で女房子どもがいないのもこっちは気が楽でさ。罪を重ねてるってぇのに、開き直って飯を食ってる、ああいう奴らでも女房子どもに罪はないからねえ。どうせ、殺《や》った野郎はもう、市中にはいねえに決まってますよ」

「しかし、島屋三右衛門の跡目を巡って争いは起きるぞ」

田端はそうに決まっているという非情な物言いであった。

「何せ、闇《やみ》に生きる連中たちの間で起きる話ですからね、どこのどいつともわからねえ骸が出るでしょう」

「それはまあ、仕方ない」

田端は言い切り、

「だが、つまらぬ争いのあおりで、季節寄せを日々の糧にしている者たちがわりを食うのは気の毒だ。早く決着が付いてほしいものだ」

初めて案じる表情を見せた。

「島屋三右衛門さんとはよほどのお方なのですね」

季蔵はさらなる話を引き出そうとした。

「この市中には、魚や野菜、豆腐、納豆、水、白玉なんかの生の食い物から、暮らしに要る蚊帳《かや》や物干し竿《ざお》、端切《はぎ》れ、扇直し、あと楽しみに愛《め》でられる金魚、しきたりに欠かせない七夕《たなばた》の竹、盂蘭盆会《うらぼんえ》の飾り物や正月の松飾りまで、数え切れねえほどの棒手振《ぼてふ》りがある。

どれも細々とした生業《なりわい》だ。その数、百以上。島屋の表向きは季節寄せだけだ。食べ物にも暮らしに要るものにも手を出さず、子どもが喜ぶ金魚売りや、七夕、盂蘭盆会、正月等のしきたりものだけを取り仕切っているふりをしてきた。季節寄せだけではたいした利鞘《りざや》ではない。その実、一年を通して売り歩く食べ物や暮らしに要るものにも関《かか》わっていた。多すぎて総数が摑《つか》めない市中の振り売りたち全《すべ》てを牛耳《ぎゅうじ》ってきたのだ。あやつが撥《は》ねる金のことで文句をつけでもしたら、仲間たちからも干されて、二度と振り売りはできぬようになり、市中から離れるほかはなくなっていた」

珍しく田端が応《こた》えてくれた。

「まあ、命があれば上等だったろうよ」

松次が言い添えた。

――おかしい。田端様や親分でも知っている島屋三右衛門の正体を、お奉行ともあろうお方がなぜご存じなかったのか？　お奉行は私利私欲のために金を得ようとしているのではない。市中の者たちの幸せを願うあまりなのだ。けれども、その志のためには、一時、悪とよしみを交わしてもよいと思われたのでは？　だが相手はさらなる深みにお奉行を引き入れようとした。だから、お奉行はあそこに呼び出して止《や》む無く――

季蔵の頭の中で烏谷の二文字が黒い色に塗り潰《つぶ》されかかった。

――そうだとしたら、どうする？――

二人の話し声が遠のいていく。

しかし、ほどなく、

「おい、あんた、季蔵さん」

松次に呼ばれて、

「どうしたんだい？　黙っちまって。ちょうどこいつを褒《ほ》めて、代わりをねだろうとしてたんだがな」

はっと我に返った。

「はい、ただいま」

季蔵は夏烏賊のくるみ和えを小鉢に盛り付けて代わりを出した。

「わしも貰《もら》おうか。実は烏賊は焼きするめでなくとも好む」

滅多に飯や肴《さかな》一切を摂《と》らない田端にも無心され、

「どうぞ」

松次同様に小鉢を勧めた季蔵は知らずと笑顔になっていた。

――そういえば田端様は烏賊の刺身は召し上がらないが、時をかけて本格的に拵《こしら》えた塩辛《しおから》には箸《はし》をつけておいでだった――

気がつくと頭の中の二文字と黒い色が消えている。

「それにしても、あんた、くるみはくるみでも胡桃《くるみ》じゃねえ。くるみが烏賊の墨だったとはね。烏賊の墨をくるみとも言うんだって話は、ずっと以前に聞いたことはあったんだが、堪能《たんのう》したのは初めてだ。こんなにも柔らかで旨《うま》いんで驚いたよ。これ、江戸の料理かい？」

松次に訊《き》かれた。

「羽州《うしゅう》の方から伝授された料理です。これで心ゆくまでお酒を飲みたいから、是非拵えてほしいと頼まれたのです。夏烏賊は小ぶりのするめいかのことで、肝はうろ、墨はくるみの他にくろみとも呼ばれているそうです。墨の色でくろみと呼んでいたものが、くるみと訛《なま》ったのかもしれません」

「この料理の秘訣《ひけつ》を教えてくれや」

一人娘を遠方に嫁に出して以降、松次は煮炊きを一人でこなしている。不自由ではないかと訊かれると、

「食い意地が張ってるもんだから、賄《まかな》いの婆《ばあ》さんを雇っても今一つだし、べたっと味ばかり濃い煮売りなんてもんは滅多に買わねえんだよ」

歯に衣《きぬ》着せぬ物言いをする。

「夏烏賊のくるみ和えの秘訣は、五寸（約十五センチ）くらいのするめいかの入手に尽きます。この小さなするめいかを肝や墨を取らずにたっぷりの湯で煮て火を通すのです。するめいかを入れて沸騰してきてから百二十から百八十数えて取り出します。もう少し大きいものですと百八十から二百四十数えます。これで表面に火が通って白くなっているだけではなく、肝にも十分火が通った状態になっています」

「そもそもするめいかってえのは、どでかい図体《ずうたい》になるんだよな。あのどでかいやつじゃ駄目なのかい？」

「小さなするめいかは肝も墨袋も小さいので短い時で火が通るのですが、火を通しすぎると身が固くなります。大きなするめいかですと、肝や墨にしっかり火が通るまで茹《ゆ》でると、肝心の身が固くなってしまうだけではなく、身よりも肝、墨の量が多くなってしまって、和えるのに加減が要るのですが、多すぎると生臭くなりやすいので、これがなかなかむずかしいとのことでした」

「ってぇことは、どでかいするめいかでこいつを作っても、たいして旨くねえってことだな」

「そういうことです」

「深いねえ。ぱっと見は簡単そうだし、今頃《いまごろ》は時折小さな夏烏賊を売りにくるから、是非試してみようと思ったが、茹でた後の和え方だってコツがあるんじゃないのかい？」

松次はふうと失望のため息をついた。

「それはそうでもないんですよ。烏賊選びと茹でる時をしくじらなければ大丈夫です。茹で上げた夏烏賊があるので、作り方をお見せしましょう」

「そうかい、そんなら」

松次は床几《しょうぎ》から立ち上がると、厨《くりや》に入り、季蔵の隣に立って作り方を見極めようとした。

「烏賊の茹で汁は捨てないでおきます。使いますから」

季蔵は茹で上がっている夏烏賊を俎板《まないた》に載せ、胴体から軟骨を抜き、二分（約六ミリ）幅の輪切りにした。この時、肝や墨袋が破れるせいでその汁が身に付く。足は食べやすい大きさに切る。目と口は取り除いておく。

そして、鍋《なべ》に切った烏賊と茹で汁、豆味噌《まめみそ》、酒を入れて、箸で掻《か》き混ぜながらさっと煮て和え、微塵《みじん》切りの葱《ねぎ》を入れて仕上げた。

「小鉢の夏烏賊のくるみ和えとやら、もう一小鉢もらおうか」

酔眼を向けていた田端が空になった小鉢を季蔵に差し出した。

「こいつは季蔵さん、手間暇かかる本物の烏賊の塩辛の向こうを張れるよ、間違いなく。それとこれは味噌が烏賊の肝以上に肝になってる」

「褒めすぎですよ」

「あんたの腕を褒めたんじゃないよ、こんな旨いもんを拵えてきた庄内《しょうない》さんを褒めたのさ」

松次は時に甘酒でさえ重ねるとほろ酔いになる。

「それではお二人とも残りをお持ちになってください」

そう言って季蔵は蓋《ふた》付きの器に詰めて手渡した。

「明日あたりには味がこなれて旨味が増してるような気がする。楽しみだ」

「是非とも、妻のお美代《みよ》にも覚えてもらいたい」

二人は珍しく、明るい雰囲気を振りまいて帰って行った。

二

二人を見送った季蔵は、

――やはり気になる――

おしんを訪ねようと心を決めた。

――島屋三右衛門が殺されて悲しむ者はいないどころか、おそらく町方も詮議《せんぎ》に手を尽くしそうにない。疑いたくはないが、お奉行が手を下したのだとしたら、わたしを言いくるめるために、とりあえずおしんさんに疑いを向けて、永尋《ながたず》ねにしてしまわれるのでは？もし、そうだとしたら、そのようなお方に瑠璃は託しておけない――

永尋ねとは無期限に捜査をすることであるが、事実上は捜査を打ち切ることである。

おしんの漬物茶屋を訪ねようと前垂れを外しかけたところへ、

「兄貴居るかい？」

夫の豪助《ごうすけ》が油障子《あぶらしょうじ》を開けて入ってきた。仕事柄、赤銅《しゃくどう》色のつやつやした顔をしている。

独り身だった頃の豪助は小柄ながら俊敏そのものな上、役者にしてもいい男で女たちに騒がれていた。おしんと夫婦《めおと》になって船頭を止めたとたん、幾らか肉付きがよくなり、〝それじゃ、あんた、がっかりだよ〟と女房に失望された。そこで再び船頭に復帰、今では渋みの加わった男前の船頭で通っている。

ついこの間、捨て値同然の鰹《かつお》のサクを、漁師たちとの間に入って届けてくれたのもこの豪助であった。

「兄貴が教えてくれた蒸して作る生利、うちじゃたいした人気だよ。おしんが塩、醤油《しょうゆ》だけじゃなしに、胡麻《ごま》ダレ、刻んだ茗荷《みょうが》や生姜《しょうが》、青紫蘇《あおじそ》各々と醤油を合わせたタレ、胡瓜《きゅうり》の古漬けの微塵切りを煎《い》り酒と混ぜたタレなどいろいろ考えついた——」

直《じか》に教えた覚えはないので、目ざといおしんは塩梅屋《あんばいや》が訪れた客たちに配っていた、安くて美味《おい》しい菜の作り方が書いてある紙をどこかで手に入れたのだろう。

買い物から帰ってきてそばにいた三吉《さんきち》が、

「まねっこまんざい、まめやのこぞう」

季蔵の耳に囁《ささや》いた。

これに限らず、商い熱心なおしんは季蔵が思いついたこの手の料理を、自分のところの品書きに加えることが多々ある。瓦版屋まで取り上げるくらいの料理だから、好評間違いなしと踏むのであろう。しかし、当初こそ、品書きに入れることの是非を問うてきたが、最近ではなんの断りもなく、豪助が時々、挨拶《あいさつ》代わりに口にするだけであった。

「でもさ、これって家で作ってほしいって思いで配ってんだよね？　自分とこの店に出して家で作るより高いお金取るの、おかしいんじゃないの？」

季蔵は三吉に憤懣《ふんまん》をぶつけられたこともあった。

豪助はちらっと三吉の方を見て、その視線をゆっくりと季蔵に戻した。

——豪助からもわたしに話があるようだ——

「茶でも淹《い》れるから離れに来てくれないか」

「そうだな。たまには仏壇のとっつぁんにも手を合わせねえとな」

こうして二人は離れの座敷で向かい合った。

「豪助――」

「あのな、兄貴――」

二人は同時に話を切り出しかけた。

「おまえの方から言えよ」

季蔵が譲ったのはどう訊いたものかと、思いあぐねていたからであった。

「おしんのことなんだよ」

「おしんさんがどうした？」

「近頃、様子がおかしくてね」

「どうおかしいのだ？」

「きびきび、しゃきしゃき、くるくる動いてる時の方が多いから、口数が少ないように見えるんだけど、ほんとはとってもおしゃべりなんだ。一緒に暮らしてりゃよくわかる。それがここんとこ、動きも鈍くなって、うっかりも多くて、ぼんやりしてることがあるんだよ」

「それくらいが普通の人なのだろうが、何か心配事があるのかもしれないな」

「それとも一つ。気になる独り言を言ってる」

「東海道《とうかいどう》とか、東海道中とかで、菓子とか、飯物とかぶつぶつ呟《つぶや》いてて、その先は〝今におっきく花開く〟って続く。意味がわからない」

――やはりおしんさんが島屋三右衛門と関《かか》わっていた証《あかし》だ――

「どんな独り言だ？」

「たしかにわからない言葉だな」

「だろう？　なもんで俺《おれ》はおしんの奴、止めてもやめない働きすぎで、ここがおかしくなってんじゃねえかって思うんだ」

豪助は指先でとんとんと自分の頭を叩《たた》いて見せた。

「ここの病は金輪際、治らねえっていうじゃねえか？　それだもんだから、俺はもう心配で心配で――」

豪助は端整な顔をくしゃっと歪《ゆが》めかけた。

「すぐにここと決めつけるのはおかしいぞ」

季蔵は自分の頭を指で弾《はじ》いて、

「ただし働きすぎで他が悪いのかもしれない。まずは医者に診せることではないかと思う。商い好きも結構だが身を滅ぼしてはつまらない。どこも悪くないとわかったら、骨休めを兼ねて家族で湯治にでも出かけてみては？　案外、おしんさんもおまえの一声を待っているのかもしれない」

笑顔を作った。

「そうかなあ」

「そうだよ」

「じゃ、そうしてみる。兄貴、ありがとう。ところで兄貴の方の話は?」

──聞きたい話はおおかた聞いた。はて、困ったな──

「瑠璃《るり》のことなのだ」

苦肉の策であった。

「瑠璃さん、心配だよね」

豪助は瑠璃の病を知っていた。

「近頃、おしんさんに見舞ってもらっているようだ」

「へえ、そうだったのか? あいつ、あれでいいとこあるんだよ」

豪助が他愛なく惚気《のろけ》た。

──もしや、豪助はおしんさんと瑠璃のことは何も知らない?──

「瑠璃が手仕事で拵える紙花や折り紙の虫のこともおしんさん、たいそう褒めてくれてるんだとか──」

「瑠璃さんの紙花や折り紙の虫? 見たいなあ、虫籠《むしかご》付きで買う本物の虫、死ぬのを見るのがちょい嫌だよね。でも、折り紙の虫なら死なないから、鍬形《くわがた》や蟬《せみ》、虫好きのうちの坊主も喜ぶ」

──何とおしんさんは紙花や折り紙の虫を家に持ち帰って、家族に見せてもいない──

これはいったい、どういうことなのかと季蔵の胸の中で疑惑がさらに渦巻いた。

「これからまた一仕事だ。医者へ行くのと湯治の話は帰ってからおしんにしてみるよ。ほんとにありがとう、兄貴」

重ねて礼を言って豪助が帰って行った後、

「春先からこっち、紙の花や折り紙の虫の入った虫籠が売られているのを見たことがあるか？」

季蔵は三吉に訊いた。

「そんなのあるの？　あ、でもあったら楽しいし、面白いよね。虫が怖いおいらでも折り紙の蟷螂《かまきり》なら飼えるし。教えてよ、そんなの売り歩いてる花売りや虫籠売り、どの辺を流してるの？」

三吉は興味津々で返してきた。

三

──豪助は島屋とおしんさんのことを知らない。おしんさんと話をするには豪助が留守の時がいい──

季蔵は走って浅草《あさくさ》は今戸町慶養寺《いまどちようけいようじ》門前にあるおしんの漬物茶屋みよしへと向かった。漬物茶屋は表通りに面していて、裏で漬物の仕込みをしている。

──おや──

店先に涼み台が置かれているものの、客の姿は一人もいなかった。

――やはり――

〝お伊勢《いせ》さん、へんば餅《もち》〟と大きな字で書かれた紙が店先に貼《は》り付けられている。しかし、吹いている風を受けて今にも剝《は》がれそうだった。その様子が閑古鳥《かんこどり》の鳴いている商いを象徴するかのようで何ともわびしい。

おしんは店の奥にぽつんと座っていた。背中が伸びていないせいか、ひどく疲れた後ろ姿であった。

「おしんさん」

季蔵は声を掛けた。

「えっ？」

振り返ったおしんはあわてて顔に笑みを貼りつかせ、

「いつもうちの人がお世話になってます」

丁寧に頭を下げた。

季蔵は前におしんに会ったのがいつだったか、咄嗟《とつさ》には思い出せなかったが、いくらか痩《や》せてやつれたように見受けた。

「ちょっとそこまで来たものですから。汗をかいたせいか、喉《のど》が渇いてここの漬物も食べたくなりました。何かお願い出来ませんか？」

「はい、只今《ただいま》」

おしんは早速、ほうじ茶と漬物の入った小鉢を盆に載せてきた。

「ほう、珍しい小茄子《こなす》の一夜漬けですね」

季蔵は目を瞠《みは》った。

「いただきます」

ほうじ茶を啜《すす》りながら箸で口に運ぶ。

「これは絶品だ!!」

供された小茄子は一口大の巾着《きんちゃく》型で皮が薄く、ぱりっとした歯応えの後に果肉の弾力感が続く。

「出羽《でわ》の置賜《おきたま》から苗を取り寄せて、知り合いのお百姓さんに作ってもらってるんです。これさえあれば、どんなに暑い夏でも食が進んで乗り切れると土地の人たちは言ってるんだそうですよ」

漬物の話を始めたおしんは多少元気になった。

置賜は庄内藩に近い米沢《よねざわ》藩領にある。

——これほど旨ければ、この漬物は庄内でも作られていることだろう——

「作り方を訊いてもいいですか?」

思わず訊いてしまうと、おしんは一瞬躊躇《ちゅうちょ》したが、

「こっちも品書きの菜でお世話になってますから、仕方がありません、季蔵さんにだけ教えます」

懇切丁寧に教えてくれた。

まず、洗った小茄子のへたを取って、みょうばんをまぶしておく。

「これは漬け上りを鮮やかにするためです」

鍋に水と塩、砂糖を入れて沸騰させ、冷まして漬け汁を作る。

甕《かめ》に茄子と青唐辛子《あおとうがらし》を入れ、小茄子がしっかりと浸《ひた》るまで漬け汁を注ぐ。

「漬け汁が少なすぎると上の小茄子が漬からないだけではなく、力のある味になりませんし」

「なるほど、漬物に力のある味とは言い当てています。名言です」

季蔵が感心すると、

「たとえぱっと見は地味でも、しっかりとした味の漬物には、人を虜《とりこ》にする力がありますから」

おしんは言い添えた。

この後は甕に中蓋をして、小茄子の倍程度の重さの重石《おもし》をして一晩おく。漬け汁が上ってきたら、重石を小茄子と同程度の重さのものに取り換えて、涼しいところで保存する。一夜漬けなのでなるべく早く食する。

「この小茄子、辛子漬けや三五八《さごはち》漬けにもいいんですよ。辛子漬けには味醂《みりん》、砂糖、粉辛子、酒を加えて一煮立ちさせた漬け汁を使います。これはどっちかといえばお酒の肴に向いてます。三五八漬けは一見、普通の糠《ぬか》漬けに見えますが、漬け床を塩三、麹《こうじ》五、固めに炊いた米八の割で作って漬け込むので味は全然違います。その上、夜漬けて翌朝には出来上がっています。塩と飯、麹の甘味が染み込んで得も言われぬ味なんですよ」

話し続けるおしんはますます生き生きしていた。

漬物の話が終わったところで、

「あそこに書かれている、〝お伊勢さん、へんば餅〟も食べたくなりました」

「はい、はい」

店の奥へ入ったおしんは手早くへんば餅を拵えてきた。季蔵はゆっくりと食べ、残しておいた小茄子漬けの一夜漬けで口直しした。

「いかがです？」

恐る恐るおしんが訊いた。

「〝お伊勢さん、へんば餅〟とあるからには、きっと謂《いわ》れがあるのでしょうね」

あえて季蔵は味についての感想は言わなかった。作り方は舌がすでに教えてくれている。餅粉一と米粉三の割で混ぜたものを熱湯で捏《こ》ね上げ、蒸籠《せいろう》で蒸した後、大鉢に移してさらに粘り気が出てくるまで捏ね、小さくちぎって丸めて伸ばし広げる。これで丸めた餡《あん》を包み、平たく大きな鉄鍋でこんがり焼き上げる。どうということのない焼き餡饅頭《まんじゅう》であった。

「何でも、お伊勢参りをする際、伊勢神宮の入り口に宮川《みやがわ》の渡しというのがあって、これを売る茶店があるんだとか。へんばの謂れは馬で来た人たちもここで馬を返すので、茶店で出すこの菓子がへんば（返馬）餅と名づけられたんだそうです」

おしんは空で言えるよう覚えたのだろう、すらすらと応えた。

「伊勢参り所縁《ゆかり》の菓子だもの、美味しいでしょう?」

おしんは有無を言わせぬ表情になった。

さらに追い打ちをかけられた季蔵は仕方なく、金箔《きんぱく》の贈り主に騙《かた》られた嘉助《かすけ》が菓子の話をする時に見せる楽しそうな童顔を思い出しながら、

「でも、おしんさん、この餡は朝一番でご主人手ずから餡を煮る、嘉月屋さんで売られているものでは?」

訊くしかなくなった。

嘉月屋では菓子の他に餡だけも売るので重宝がられている。

「ええ、まあ、そうですよ。あそこの餡はとびっきりだから間違いないしね」

おしんは一瞬バツの悪い顔をしたがすぐに態勢を立て直した。

「せっかくここでもてなすのなら、いっそ、餡の代わりに漬物を入れたらどうです? 粗く刻んだ野沢菜漬けなんて合いそうですよ」

「駄目っ」

おしんは大声を出し、

「それじゃ、椋鳥《むくどり》たちが好きなおやきになっちまうじゃないの。何のために、ああして、〝お伊勢さん、へんば餅〟と書いたのか――」

口走って絶句した。

椋鳥とは冬場、雪深い信濃《しなの》から仕事のある江戸へ出てきて働く男たちのことであった。弁当代わりや小腹の空《す》いた時食されるおやきの中身は刻んだ野沢菜漬けや甘辛く煮付けて潰したかぼちゃ、炒《いた》めた茸《きのこ》、微塵切りの人参《にんじん》や牛蒡《ごぼう》等と一緒に薄味に煮たおから等種類が多い。その一つに小豆餡入りのものもあった。

「もしかして、あんた、ここへ何か魂胆があって来たんじゃないだろうね。商いの邪魔はさせないよ」

おしんは口調をがらりと変えて凄《すご》んでみたものの、声も肩も震えている。

「お訊《たず》ねしたいことはあります。ただし、魂胆はありませんし、商いの邪魔をするつもりもありません。あなたは殺された島屋三右衛門を御存じですね」

季蔵はずばりと切り込んだ。

「そんな人――」

知らないと惚《とぼ》けかけたおしんに向かって、

「あなたはお奉行様が暮らしている家に、お奉行様がお好きなここの沢庵《たくあん》漬けを届けていましたね。あなたは島屋三右衛門と結託し、人気の伊勢参りを利用して、東海道筋の菓子や飯物を、〝お伊勢さん、へんば餅〟のように売って儲《もう》けるつもりだったのではありませんか？」

季蔵は内心、誤った憶測であることを願いつつ、ぐいぐいと押して、

「しかし、あなたの尽力でお奉行と縁を得たにもかかわらず、島屋三右衛門はあなたとの

約束など忘れたかのようになった。腹の虫が収まらないあなたは、お奉行様の名でも騙って、島屋をあの家の裏手に呼び出した。島屋がやってきたのはお奉行様に突き付けていた要求があったからです。お奉行様が島屋の強引さに負け、さらに濡《ぬ》れ手に粟《あわ》の欲にも目が眩《くら》んで、誰《だれ》でもない自分だけに、東海道筋の菓子や飯物売りを任せてくれる気になったと糠喜びしたのでしょう。島屋ともあろう者が供も連れていなかったのは、きっと、この後ろ暗い取引をお奉行様と自分だけの秘密にしておきたかったからです。一方、あなたはお奉行様への仲介の返礼を島屋に期待していたはずです。〝お伊勢さん、へんば餅〟以外に、一手にとまではいかなくても、東海道筋の菓子や飯物の幾つかを売らせるという約束が島屋との間になされていたのでは？　あなたはこれを守れと、島屋に詰め寄ったに違いありません。けれども、相手がお奉行様ではなくあなたで、騙《だま》されて呼び出されたとわかった島屋は、一言、二言、あなたには許し難い侮《あなど》りの言葉を発して立ち去ろうとした。そこであなたの怒りは心頭に発し、気がついてみるとその場にあった石を持ち上げていたのでは？」

押し続けてみた。

四

するとおしんは、緊張した面持ちでふーっと息をつき、

「ここじゃ、何ですからどこか、お話のできる場所で。奥には善太《ぜんた》と子守りの娘《こ》がいるん

で、ちょっと――。少し歩きますが、紫陽花《あじさい》が綺麗《きれい》なお寺があるんですよ」

涼み台を店の中に仕舞って、先に立って歩き始めた。

「紫陽花、見事でしょう？　ここ、三珠寺《みたまじ》というのが正式な名なんですけど、紫陽花寺って言われてるんです」

寺の境内《けいだい》に時季の紫陽花が溢《こぼ》れるような勢いで咲いている。紫陽花は土の性質に関係なく咲いてからは、白、薄水色、濃水色、薄桃色、濃桃色と花の色が変わっていく。

「あそこで話させてください」

おしんは境内を歩いてお堂の扉を開けた。上座に祀《まつ》られている観音菩薩《かんのんぼさつ》に向かって手を合わせたおしんに季蔵も倣《なら》った。二人は下座で向かい合った。

「観音菩薩様の謂れを知ってますか？」

急におしんに訊かれた。

「観音とあるからには、人々の心の声を聴く力があり、苦しむ老若男女を分け隔てなく癒《いや》す、心優しい女の仏様では？」

季蔵が応えると、

「観音菩薩様が女の姿をなさっているのは仮の姿で、実はどのようなお姿にもなることができるのです」

「それは知りませんでした」

「あたしにとってここの観音様は憧《あこが》れでした。あたしのためにここの観音様は、美しい女の姿をなさっているのだとずっと思ってきました」

おしんの思い詰めた口調に季蔵は祀られている観音像を仰ぎ見た。

——たしかに整った美しいお顔をされているが、それは内面の穏やかさと優しさを兼ね備えているからのように思われる——

「ここと店はうちの人と一緒になる前から、あたしの居場所だと決めてた所でした。うちの人にとってはあたしとのことは行きがかりだったんですから」

おしんはやや投げやりな口調になった。

豪助がおしんに子が出来たとわかって夫婦になる覚悟に至ったのは事実であった。

「ですから、あたしは正直、自分の仕事と観音様が一で、うちの人と善太は次でした。それで毎日、朝夕、ここへ来て拝んでいたんです」

「まあ、観音菩薩を拝み、心に思い浮かべ続けると、火事や水害、風害、盗難等の七難から逃れられ、身体《からだ》が健やかに保たれるとよく言われていますから」

季蔵はおしんが夫や子どものために観音信仰に嵌《はま》って優先したと解釈した。

「観音様の御利益《ごりやく》はそれだけじゃありません。ありとあらゆる願い事を叶《かな》えてくださるんです」

「それで東海道筋の菓子や飯物に商いを広げようとしたのですか？」

季蔵は知りたくなかったおしんの本意を理解した。

「そうですとも。あたしは観音様にこう願い続けました。〝あたしは生まれついてからこの方、不器量女だと言われ続けてきました。あなた様のように、また死んだ姉さんのように綺麗なら、あたしの商いだって、もっともっと繁盛してるはず。何せ、茶屋と名のつく店に立ち寄る男のお客さんたちの目的は、若い素人の美女ばかり集めてる水茶屋がいい例で、そこに並んでる綺麗な顔なんです。若い綺麗な女の子を雇う余裕はありません。どんなに美味しい漬物を出しても、押すな押すなは望めないんです。ですから、どうか、不器量女のあたしにあなたのお力で運をください。あなたの美しさが引き寄せる運を分けてください〟と」

「そして、島屋三右衛門と出会い、いよいよ観音菩薩から運が授けられたと思ったのですね」

季蔵はやや冷ややかな物言いをした。

「島屋は漬物好きでした。名乗らずに通ってきていた頃はとにかく洒落者《しゃれ》で上質な着物をとっかえひっかえで、根付けや煙管《きせる》入れなんかも立派なもんだったんで、どこかの大店《おおだな》のご隠居さんだと思っていました。ですから、ここへは北町奉行が来るんじゃないのか？と訊かれた時は驚きました。常とは違う鋭い目をしていたからです。島屋三右衛門と名乗り、お奉行様への仲立ちを頼まれた時、咄嗟に相手は恐ろしい大蛇で、あたしは呑《の》み込まれる蛙《かえる》になったような気がしました」

その時のことを思い出したのか、おしんは怯《おび》えた表情になった。

「なぜ、そのことを豪助に話さなかったのですか？」

「うちは店を構えているので関わりはありませんが、棒手振りや露天で商いをしている人たちにとって、島屋三右衛門が泣く子も黙る相手だということは、あたしも商人《あきんど》のはしくれなので知っていました。うちの人も知っていると思います。けれど、うちの人の気性は季蔵さんもご存じでしょう？　話したらきっとあたしに代わって仲立ちを断りに出向くことでしょう。そうしたら——あたしと善太はうちの人の筵《むしろ》にくるまれた骸を引き取りに、番屋へ行くことにだってなりかねないんです。そんなの、とても耐えられません。だからあたしはここで観音様に相談するしかなかったんです」

——よかった、やはりそうあってほしかったように、欲得が先んじていたわけではなかった——

ひとまず季蔵はほっと安堵《あんど》して、

「観音様も仕方がなかったのでしょう。苦肉の策ではあるが、島屋三右衛門の話に乗ってお奉行様との仲立ちをするよう薦めてくれたのですね。大変でしたね」

——たしかにおしんさんの言う通り、豪助はあの通りまっすぐで、理不尽に強いてくる相手の力に屈したりしない奴だから話していれば危なかった。となるとやはり、この観音様は守り神だったのかも——、

木で出来ているせいで、歳月に耐えかねて煤《すす》けた観音像を改めて仰ぎ見た。

「正直に言います。〝家族をお守りなさい〟という観音様のお言葉が聞こえたのはこの時だけでした。それから後は一言もお話しになっていません。島屋三右衛門の言いなりにな

って、〝そのうち、お伊勢参り人気と関わる、東海道筋の菓子や飯物売りをおまえさんに任せる。そうなったら、市中の皆があっと驚くような大きな商いができる。世の中は金なんだ。金さえ握っていれば、皆あんたにかしずいてくるよ。あんたは今、二言目にはあたしは不器量だなんて言ってるが、そんな卑下も要らなくなる。皆から観音菩薩様の降臨だ、生き仏様だってひたすら敬われるようになる、間違いない〟なんて言われてるうちに、きっとそうなるんだって思うようになっていきました。島屋は〝わたしの言ってることが嘘《うそ》ではない証を見せてやろう〟と言って、へんば餅をここで作って売るように勧めてきました。〝お伊勢さん、へんば餅〟と大きな字で書いた紙を届けてきて、餡まで嘉月屋さんのものを揃《そろ》えてくれた時、あたしは飛び上がるほどうれしかった。商いを広げるには真っ正直に努力するだけでは駄目なんだ、今日日《きょうび》、大店と言われているところは、多かれ少なかれ、この手のことはしているんだ、だから、これぐらいなら悪くも何ともないんだって、毎日自分に言い聞かせてました。当世一の化粧師に格別な化粧をしてもらって、豪華な着物に身を包んでる様子を想《おも》い描いて、そのうち皆を見返せるんだって思うと、それが待ち遠しくてならなかったんです」

「瑠璃の紙花や虫の折り紙はどう使われたのですか？」

――これも島屋がお奉行に取り入る手立てだとすると、売られずに捨てられてしまったのでは？――

季蔵は気にかかってならなかった。

「瑠璃さんの紙花や虫の折り紙のことを島屋に話したのはあたしです。お奉行様の暮らしぶりについて何でもいいから話せと言われて──。すると島屋は〝これは使える、まずは紙花や虫の折り紙を褒めちぎる。次に瑠璃さんという、心を病むお方に欠けている、外との多少なりとものの触れ合いのため、一年中売れる品を得て、安心したい季節寄せの連中のため、流行《はや》らせたい、そのために売り出したい〟と善行を仄《ほの》めかしたんです。そして、〝なに、あのお奉行が実は逼迫《ひっぱく》しているお上では手に余る、普請《ふしん》という善行に励むために、時には御定法を破って黒い奴らから金を取り、私財を蓄えていることはとっくに調べ済みだ。しかし、あれでなかなか用心深いので、取っ掛かりが摑《つか》めずにいたが、これでお奉行とよしみを通じられる。内妻と二人で世話をしている瑠璃があの男の急所だったとはな〟と大喜びしていました」

──島屋が瑠璃をも調べ尽くして、わたしや鷲尾《わしお》の家と結びつけていなければいいが──

季蔵は不安に駆られたが今はおしんへの問いを続けて、真実を炙《あぶ》り出さなければならない。

「紙花や折り紙の虫を入れた虫籠が、市中の季節寄せで飛ぶように売れていたという話はでっち上げですね」

「ええ、誰も島屋には逆らえないので、巧みに口裏を合わせたのだと思います。瑠璃さんの手仕事の品はあたしが引き取りに出向きました。島屋は買い上げたものなのだから焼き捨てろと、何度も言ってきましたが、とてもそうは出来ず、後でお返ししようと、知り合いの古着屋の二階に預けました」

古着屋の二階とはたとえば密命を帯びた者が、特定の姿に変わる必要がある時や、変装癖を持つ人たちのための場所で、さまざまな身分の着衣や履物、持ち物、鬘《かつら》まで取り揃えられている。

「ありがとう」

礼を言った後、

「玄関口にあった沢庵漬けの理由を話してください」

季蔵はずばっと切り込んだ。

「季蔵さんがおっしゃったように島屋は、あたしとの約束を守ろうとはしませんでした。当初は皆を見返したいという思いが強くて、島屋がぴたりと何も言って来なくなって、もうあたしは用済みになって避けられているとわかっていても諦《あきら》めきれませんでした。談判も考えましたが怖くて出来ませんでした。ここの観音様の〝命と家族を大事になさい、そして偽った相手に詫《わ》びなさい〟という二度目のお言葉も聞こえた気がしました。それであたしはお涼さんのところへ行ったんです。正直に何もかもお話しするつもりでした。けれど、お涼さんと瑠璃さんの姿が無かったので、胸騒ぎがして中へ入り、厨も調べて勝手口を開けました。人が横たわっているのが見えました。島屋だとわかりました。着物の柄に見覚えがあったからです」

そこで一度おしんは言葉を切って荒い息を吐いた。

五

おしんは先を続ける。

「あんなところでうつ伏せで昼寝をしているとは到底思えません。それにそばには血に塗《まみ》れた石がありました。島屋は自分で死ぬような奴ではありません。殺されているのかもしれないと思うと別の怖さが襲ってきました。騙されたあたしには島屋を殺《あや》める理由がありますす。ですから、これを番屋に報《しら》せたら、お役人に捕まって詮議された挙げ句、下手人にされると思ったんです。漬物茶屋をやっているあたしが、漬物の神様である漬物石に使えるような石を使って、人を殴り殺すなんてあり得ませんと言ったところで、とても信じてはもらえないと――。それで死んでいる島屋は見なかったことにして、勝手口を閉め、表から走って帰りました。とにかく夢中で、その際手土産の沢庵漬けを玄関に置いたままにしたようです」

――わたしが見つけた島屋の骸は勝手口から離れた茂みの中だった。となると、下手人はおしんさんが勝手口を開けて島屋の骸を見た時、咄嗟に近くにある木の後ろにでも隠れたのだ。もし、その時おしんさんが裏庭に踏み出していたら、襲いかかられて口封じされていたかもしれない――

これもよかったと季蔵は心の中で安堵した。

「沢庵漬けがあそこにあった理由はよくわかりました」

季蔵は知らずとおしんに微笑《ほほえ》んでいた。

「あたしの言ったことを信じてくれるんですね。あたし、もう誰もあたしのこと信じてくれない気がしてて——何せ、欲に目が眩んで仕出かしてしまったことなので——」

おしんの目から涙が流れた。

「あたしの身の潔白を信じてくださる方がいてくれました。これも観音様のおかげです。観音様、ありがとうございました」

観音菩薩に手を合わせた。

次には、再び、

「ありがとうございます、ありがとうございます」

おしんは季蔵に向けても礼の言葉を連ねつつ、知らずと手を合わせていた。

「わたしは観音様ではないので止めてください」

季蔵が当惑すると、

「観音様は時に男の人の姿をなさることもあるようです」

おしんは大真面目《おおまじめ》に応えた。

「ならば、このわたしを観音様だと思って、これから言うことを聞いてくれますね」

「はい、もちろんです」

おしんは緊張して季蔵の言葉を待った。

「先ほどあなたは観音様つまりわたしにだけ礼を言いましたね。それでは常にあなたのことを思いやっている豪助はどうなるのです？　あなたの様子が変だと豪助はとっくに気がついていて、わたしに相談にも来たんですよ。子宝にも恵まれたのですし、断じてあなたは一人ではありません。あなたの欠点は欲が深すぎることです。この上、あなたが願うように商いが大繁盛してしまったら、きっと天罰が下ることでしょう。今ある自分の幸せに感謝してください」

季蔵は観音様に成り代わって諭《さと》した。

「おっしゃる通りです。ですけど、一つだけあたしに言わせてください。どうして昔ほどではありませんが、今でも女を振り返らせられるような男前のうちの人が、こんなあたしのそばなんかに居てくれるのかといつも不安なのです。ある日、船頭の仕事から戻って来なくなってしまう、あたしと子どもは何の前触れもなく、突然、捨てられてしまうんじゃないかって——。うちの人のおっかさん、子がいても水茶屋につとめられるほどの楚々《そそ》とした美人で、子どもだったうちの人を捨てて、男と逃げたって聞きました。うちの人、あたしと一緒になる前は、どっかでおっかさん恋しさに水茶屋通いしたくて、稼ぎまくってたってことも。うちの人はやっぱりおっかさん似の柳腰美人が好きで、ひらひらと蝶《ちょう》のように飛んでいくのが好きなおっかさんの血を受け継いでるに違いないから、きっといつか、あたしたちの前からいなくなるような気がしてました。あたしと夫婦になったのだって、ちょっとした弾みで子が出来たからなんですもん。だから、あたしの一は仕事なんですよ。

仕事で大きくなれば、たとえうちの人にいなくなられても、何とかやれるだろうって頑張ってきたんです」

　そこでおしんはわっと泣き伏した。

　――そうか、そうだったのか――

　季蔵は感慨深くおしんが顔を上げて涙を拭《ふ》くのを待った。

「ここからは豪助を弟とも思っている季蔵のわたしとして訊きますが、豪助のおっかさんや子どもの頃のこと、あなたは豪助から直に聞いたのでしょう？」

「ええ」

「それはよほどあなたに想いがあるからだとわたしは思います。その話を豪助がわたしにしてくれたのは、知り合ってからずいぶん経《た》ってからのことですから。あなたなら自分の全てを受け止めてくれると、安心して打ち明けたのでしょう。あなたはその時、どう応えましたか？」

「相づちだけでした」

「乱れた心を隠した？」

「美女の悋気《りんき》は可愛《かわい》いけれど、あたしのような醜女《しこめ》のは醜いだけですから」

「豪助があなたを醜女と言ったことでも？」

「ありません。気を遣ってくれているのだと思います。きっと我慢しているのかも――」

「それは違います」

季蔵はきっぱりと言い切って、

「たしか亡くなったあなたのお姉さんは小町娘でした。それであなたはご自分が不器量だと思い過ぎていて、心の中に巣くっている不器量秤《ばかり》で何もかもを決めてしまっているのです。豪助が過去をあなたに打ち明けたのは、とっくにそれらを振り切っていたからです。弟分にそれを振り切らせたのはほかならないあなたです。それから、豪助はあなたの欲張りぶりまでも気にならず、むしろたいした商才だと惹《ひ》かれていることでしょう。これほど夫に愛されている妻は滅多にいないものですよ。もちろん、そこまで妻に惚《ほ》れ切っている豪助も幸せ者ですが」

「うちの人があたしをそんなに――本当でしょうか？」

おしんは目を潤ませ涙を溢《あふ》れさせた。今度のはうれし泣きのようだった。

「船頭を続けて見かけを保とうとしているのも、あなたに意見されたからだと言っていました。あなたに嫌われたくないのは豪助の方ですよ」

あたし、時々、自分とあまりに不釣り合いなうちの人に、意地の悪いことを言ってしまうんです。

「これでもあなたは豪助があなたを捨てて出て行くと思いますか？」

季蔵の言葉におしんはゆっくりと首を横に振った。

「あたし、幸せ過ぎたんですね。もっと謙虚に感謝しないといけなかったんだわ。季蔵さん、気づかせてくれて本当にありがとうございます」

深々と頭を下げたおしんはまた泣いた。

季蔵はおしんを家まで送った。おしんは手早く、島屋が寄越《よこ》して掲げてある、〝お伊勢さん、へんば餅〟と書かれた紙を剝がすと、今泣いたカラスで、

「あたし、やっぱり紫陽花より、いろんな食べ物が好き、特に漬物が大好き」

ぺろりと赤い舌を出して道化た。

――そろそろ豪助も帰ってくる頃だ――

「おしんさんはそうでなくちゃいけませんと観音様もおっしゃっておいでです」

季蔵は軽口を返しておいて、

――豪助とおしんさんの仲は雨降って地固まるだが、気になるのは裏庭に隠れていた下手人だ。向こうがおしんさんを見ていたとしたら――

「坊やを連れて三人で仲良く湯治にでも行ったらどうかと、観音様は薦めておられますよ」

言い添えた。

「贅沢《ぜいたく》、贅沢、勿体《もったい》ない」

おしんは口とは裏腹にうれしそうに笑った。

――これは豪助からもう一押しすれば大丈夫だ――

六

塩梅屋に戻った季蔵は烏谷に以下の文《ふみ》をしたためた。

おしんさんがすべてを話してくれて、お涼さんの家の裏庭に残っていた下手人の痕《あと》を見つけました。詳細をお報せします。

一、島屋は勝手口近くで殴り殺されたことが、おしんさんの話でわかりました。骸を茂みへと引きずった痕も見つかりました。また、この場の土に浅い凹《へこ》みがありました。殺害には勝手口近くにあった石が用いられ、島屋を殴った時血に塗れたので、茂みの骸の近くまで運ばれたのだと思います。

一、島屋に利用されただけだったとわかったおしんさんは、この事情を話してお涼さんや瑠璃に詫びようと思い立ち、お涼さんの家を訪れたとのことです。おしんさんは二人がすでに箱根《はこね》へ旅立っているとは知らなかったので、誰もいないのに慌て、家中を探しているうちに厨の勝手口を開けて島屋の骸を見つけたのです。

一、島屋は末期の一瞬、信じきっていたにもかかわらず、自分を殺した相手に報いるべく、草履を口に入れたのでしょう。

一、こうした不気味さも相まって、わたしは勝手口を開けて骸の島屋を見たというおしんさんの身を案じています。この一件が片付くまで、瑠璃たち同様江戸を離れてほしい気もします。

季蔵

お奉行様

するとその翌日、昼過ぎには烏谷から返しの文が届いた。

よくやってくれた。殺された島屋はとかくに噂《うわさ》が絶えない嫌われ者だったせいか、田端や松次までなおざりの調べしかせぬので困り果てていた。わしもそちと同じで、この殺しの裏には、あの時、追及していればよかったと必ず後で悔いる、とてつもない企《たくら》みが隠れている気がしている。

さておしんの件だが、豪助を呼んでわしから、おしんと子どもを連れて箱根へ湯治に行ってくれと頼んだ。箱根は今時分、山菜が豊かだ。それゆえお涼や瑠璃たちの居る箱根の宿に泊まり、おしんに腕を揮《ふる》ってもらって、二人に美味《うま》い漬物を食わせてくれるようにとな。

すでに路銀も礼金も渡してあるので心配は要らぬ。〝出張漬物ですね。これなら、おしんも喜んで行くでしょう〟と豪助はしゃあしゃあとぬかした。弾みで〝ちとそちの女房は金に執着がすぎぬかな?〟と言ったところ、〝金への執着も才覚のある商人の魂のうちです〟と返してきた。夫唱婦随ならぬ呆《あき》れた婦唱夫随ぶりだが、まあいいだろう。このような配慮もしたゆえ、そちは心煩《わずら》わせられることなく、安心して島屋殺しの調べに精進してもらいたい。頼むぞ。

烏谷椋十郎

季蔵殿

この文を読んだ季蔵は、

——これほどの褒め言葉をいただいたのは初めてだ。よほど町方は島屋三右衛門殺しの調べに素っ気ないのだろう。しかし、これはきっと一大事の始まりなのだ。ここから噴き出てくるであろう企みや悪事を止めることはわたしの肩にかかっている——

知らずと武者震いしていた。

そして、

——やはり気になる——

烏谷が島屋に呼ばれて酒を酌み交わし、飲みすぎて草履を間違えたという松崎屋へと向かった。

──もしかしたら、そこが悪の巣であるかもしれない──

すでに夕暮時ではあったが夏の陽《ひ》はなかなか暮れない。この時季の昼間の暑さが止んで、すーっと風が通る夕方が好きな季蔵は、まだまだ白い空を見上げながら行き着いた。ところが松崎屋の木札はすでに真新しく伊勢屋と代わっていた。まだ無人なのだろう、訪れを告げてもしんと静まり返って応えはなく、門戸にも灯《あか》りは点《とも》されていない。

──伊勢屋はお奉行が開く、お伊勢参り料理の店の名ではないか？──

季蔵は愕然《がくぜん》とした。

──お奉行は何をお考えなのだろう？──

何度も首を傾《かし》げながら塩梅屋に帰り着くと、烏谷からの二通目の文が届けられていた。

物事は一度に多くのことを伝えては混乱を招く。それに今、そちはそろそろ、思い立ってお伊勢参り御膳《ごぜん》を振る舞う伊勢屋に行こうとしているか、すでに行って帰ってきた頃だと思う。違わぬであろう？　わしが千里眼であるのは知っての通りだぞ。

まず申さねばならぬのだが、庄内料理の方を急いでもらいたい。前にも話したようにこれも、お伊勢参り御膳に引けを取らぬほど美味いものでないと困る。何しろ、藩主など足元に及ばぬほどの富裕だと聞いている豪商三田九左衛門《みたくざえもん》の娘御のお越しだ。ちなみに聞いている庄内料理の最高峰は酒田《さかた》のもてなし料理を模したものだそうだ。

こちらもくれぐれも頼むぞ。

季蔵殿

烏谷椋十郎

――お奉行には敵《かな》わない――

季蔵はふうと息をついて、以前、庄内またはその近くの藩の下級武士たちから聞いた料理を記した、季蔵覚書き料理と題したものを取り出した。酒田のもてなし膳については、以下のようにあった。

食べ物に目がないというこの方からは、故郷近くの酒田のもてなし料理について聞くことができた。これほど覚えているのは、人づてに聞かされてきた分不相応な憧れの御馳走《ごちそう》三昧《ざんまい》で、死ぬまでに一度は食べたいと念じているからだそうだ。仕上がりの見当がつかないものについてはおおよそを聞いて記した。

左膳

甘エビ、烏賊、平目《ひらめ》の刺身　鮭《さけ》の粕漬《かすづ》け、無花果《いちじく》の甘煮ニラ添え　むきそば（蕎麦《そば》の実を粉にせず皮を剝《む》いて茹で、醬油、椎茸《しいたけ》で味をつけた丼《どんぶり》の汁に入れ、葱、海苔《のり》を薬味にする）はたはたの田楽《でんがく》（焼いた小魚のはたはたにたっぷりの砂糖をきかせた山椒味噌《さんしょうみそ》を塗って香ばしく仕上げる）氷頭《ひず》なます（鮭の頭の軟骨を細かく切り、塩をかけて洗って酢につけ、酢と砂糖で味付けした大根おろしにこれを入れて、柚子《ゆず》を添えて供する）　かゆずし（固めに炊いたご飯に麹《こうじ》を混ぜて三日ほど寝かせた後、数の子と少々の塩、酒を加え、青のり、銀杏《ぎんなん》、人参《にんじん》等の色味を添える）　やつめ汁（鰻《うなぎ》に似たやつめ鰻を焼いて醤油味の汁の具にしたもの）

右膳

ばい貝のうま煮　寒鱈《だら》の煮つけ　鱈の子炒《い》り　やつめのうま煮　沢庵漬け　あさつきと烏賊の酢味噌かけ

――彼《か》の地近隣の海の幸満載。しかし、これは秋から冬にかけてのもてなし膳で今、この江戸で揃えられるものは烏賊、やつめ、あさつきぐらいのものだ。これでは豪華膳とはほど遠い――

季蔵は頭を抱えた。

「どうしたの？」

いつものように三吉が案じてくれた。開いたままになっていた季蔵の覚書き料理を読んだ三吉は、

「庄内って、こんな御馳走いっぱい拵えられるとこなのに、やつめが鰻の代わりだっていうのは、田舎《いなか》の川の鰻はみんな痩《や》せてる旅鰻だからかな。やつめって目にいいとか、精がつくとかいうけど、皮も肉も硬くて切っとかないと嚙《か》み切れないし、うわーっていう癖の

ある臭《にお》いがするよね。そいつをおもてなし料理に出しちゃうのって凄い、いい度胸してる」

ふと洩《も》らした。

「そうは言っても彼の地ではやつめが人気だ――そうだ、おかやつめがあった、あった」

「おかやつめ？　やだよ、おいら、やつめはもういい」

「いいや、そうじゃない」

季蔵は覚書きを繰ってみた。そこには牛蒡《ごぼう》に菜種油を塗って串《くし》に刺して炙る、やつめもどき料理、名づけておかやつめの名と拵え方が書かれていた。

七

「たしか牛蒡はあったな」

「ん」

「皮を剝いて五寸（約十五センチ）ほどの長さに切ってくれ。太すぎたら縦半分に割る。酢水に入れてアクを抜き、柔らかく茹でる、そこまでを頼む」

「へっ？　牛蒡の皮剝くの？　牛蒡ってたいていは皮をこそげ落とすだけじゃないの？」

三吉が目を丸くした。

「鰻の代わりになるやつめの食味に似せるためだろう。皮付きの牛蒡は独特の風味があって旨いが、いかにも牛蒡といったしゃきしゃきした歯触りで、弾力のあるやつめの肉にはほど遠い」

「なーるほど」

三吉が茹で上げた牛蒡を季蔵は当たり棒で軽く叩き、串刺しの蒲焼きにふさわしい、食べやすい長さと太さに切り揃えた。

七輪《しちりん》に火を熾《おこ》して丸網を載せ、菜種油を塗った串刺しの牛蒡を焼く。

「おかやつめは牛蒡の田楽とも言われている。これに合う田楽のタレは秋冬なら柚子味噌が一番だろうが、今時分は胡麻味噌だな」

鍋に淡色、辛口の米味噌、砂糖、味醂、酒を入れて混ぜ、出汁《だし》でのばしてから焦がさないように中火にかけて煉《ね》り合わせる。鍋底を木べらでこすり、軽く底が見えてきたら火を止めて、白胡麻を加えて混ぜて胡麻味噌に仕上げる。

ちなみに秋冬ならではの柚子味噌は鍋に白味噌、砂糖、味醂を入れて木べらで混ぜながら、弱火にかけ、ねっとりとしてきたら、すりおろした柚子の皮と果汁を入れてよく混ぜ合わせて火から下ろす。

「聞き忘れてたけど、牛蒡の田楽をどうしておかやつめって言うの？」

「おかは陸という意味で、川で獲《と》れるやつめと同じくらい美味な陸のやつめという褒め言葉だと思う」

「やつめが美味ねえ――、おいら、ぞっとしないよ。おかやつめなんて言って勧められたら絶対食べない。牛蒡の田楽の方がよほどましだし、いい名だよ」

三吉は眉《まゆ》を寄せた。

「そういえば——」

季蔵は庄内地方の料理にまだ田楽と名のつくものがあったことを思い出した。覚書きをめくって、

「あった、あった、これぞ夏の田楽そのものだ」

茗荷の田楽について書かれた部分に目を凝らした。

「茗荷もどっさりあるよ」

三吉が茗荷がぎっしり入っている籠を指さした。

「よし、茗荷の田楽も作ろう」

季蔵は鍋に麦味噌、酒、砂糖、味醂を入れて火にかけ、木べらで照りが出てぽてっとしてくるまで煉って田楽味噌を拵えた。

茗荷は大きいものは半分に切って串に刺し、おかやつめを焼いたように両面を焼く。

「青紫蘇はあるか？」

「ある、ある」

田楽味噌を表側に塗って白い炒りゴマをふり、青紫蘇を敷いた皿に盛り付けて供する。

おかやつめの名に拘《こだわ》った三吉は当初、

「違うってわかってるんだけど、やっぱりおいら駄目」

牛蒡の田楽を敬遠したが、

「茗荷の田楽なんておいら、食べるの初めて」

茗荷の方には手を伸ばした。

「何とも妙な旨さだよぉ。前にちょっとだけ啜《すす》らせてもらって、病みつきになりかけたお酒によーく合うんだろうなあ、これ」

ふうとため息をついた三吉は、

「また、お酒に病みつくといけないから、おいら、自分を戒めるよ」

おかやつめの牛蒡の田楽にかぶりついた。

「あ、いい感じ。こっちならお酒だけじゃなしにご飯も食べられる。いい菜にもなる。今度、茗荷の田楽はおとうの晩酌に、牛蒡の方はいつも晩飯の菜のことで、あれこれ苦労してるおっかあに拵えてやろうーっと。茗荷も牛蒡も意外な御馳走だよね」

三吉のこの言葉に季蔵はなるほどと思った。

第四話　武士《もののふ》笹巻き

一

——秋冬の酒田《さかた》のもてなし膳《ぜん》にあったむき蕎麦《そば》は、夏蕎麦がもう出回っているので使える。蕎麦のむき実の量を減らして丼に盛らず、椀物《わんもの》に仕立て、葱《ねぎ》を三つ葉に替え、刻んだ海苔《のり》を載せて山葵《わさび》を添えよう——

季蔵《としぞう》は紙に筆で以下のような献立を書いてみた。

羽州《うしゅう》御一行様故郷おもてなし膳
突き出し　小茄子《こなす》の漬物
椀物　むき蕎麦汁、山葵添え
焼き物二種　牛蒡《ごぼう》の田楽——おかやつめ——、茗荷《みょうが》の田楽
和《あ》え物　夏烏賊《なついか》のくるみ和え
飯物　白飯

――これだけでは少し寂しいな。豪商ともなれば刺身は海から運ばせて食しておられることだろうが、こちらの海とでは食べ慣れている魚に違いがあろう。ここは刺身を外して何か、伊勢《いせ》までの旅の供になる、日持ちのする手土産《てみやげ》をつけよう――

まず思いついたのは笹《ささ》巻きであった。死ぬまでに一度は食べてみたいと、酒田のもてなし膳に憧《あこが》れ続けていた貧乏侍に乞《こ》われた一品である。その羽州生まれの侍は高力真之介《こうりきしんのすけ》、年齢《とし》の頃《ころ》は四十歳ほどで、主君である下山《しもやま》藩主の参勤交代に随行して江戸に来た。

「端午《たんご》の節供に笹巻きを付きものにしているところは多い。しかし、たいていは笹の葉の中身が白い糯米《もちごめ》なのだが、故郷《くに》のは黄色い飴《あめ》色なのだ。これには灰汁《あくじる》を使う。糯米を木灰《きばい》入りの水の上澄みに浸すのだが、不思議なことにこれと笹使いで日持ちがぐんとよくなる。仕上がりの方も、糯米の粒が溶けて透けて見えるだけではなしに、もっちりして、独特の風味が出てくる。茹《ゆ》で糯米にあらず、餅《もち》にあらず、しかし美味《うま》いのだ。そのうえ、黒蜜《くろみつ》と黄粉《きなこ》に合ってね、たまらない。こいつは手が届く代物だけに、この江戸で食べられないのは辛《つら》いのだ。誰《だれ》か作ってくれないものか――」

そこまで聞かされては望みを叶《かな》えてやるしかないと季蔵は笹巻きを拵《こしら》えた。ここで一番苦心したのは、色鮮やかに茹でた笹の葉といぐさの茎を使って、三角こぶし巻きと称されている形に仕上げる、灰汁の上澄みに浸した糯米を容《い》れる器作りであった。

――覚えてしまえばどうというものでもないのだが、糯米を笹の器に容れて茹でて中身が出てきたりしないよう、きっちりといぐさひもを結ぶのが結構難儀だったな――

高力真之介はこんなことも言っていた。

「これでもそれがし、高い、美味いのお大尽のとは異なる、安い、旨《うま》い、知りたいの食通を気取っているんですよ。知りたいっていうのは、この料理はどういうきっかけで出来たのか、なんてこと等々です。この笹巻きの場合は薩摩《さつま》の〝あくまき〟、〝つのまき〟と呼ばれているものが、北前船《きたまえぶね》の行き来で伝えられたもののようです。薩摩はきっと夏が長くて暑いところなんでしょうから、灰汁の上澄みに浸した糯米なんていう保存のやり方が思いつかれたんですよ」

――夏烏賊のくるみ和えも高力様から習ったものだった。とにかく食べ物についての話をしていた時の高力様は楽しくてならない様子だったが、それも何年か前のことだ。別れこそ告げにはおいでにならなかったが、今は故郷に帰られ、ご家族と穏やかな日々を送られていることだろう――

季蔵は久々に高力真之介を思い出していた。

――高力様は笹巻きが薩摩伝来のものとすると、この手の日持ちがするもので、真に羽州ならではのものは味噌《みそ》もちだとおっしゃっていたな。拵え方は書き留めておいたが、あの時、高力様からの願いがなかったので拵えなかった。よし、そうだ、これを拵えてみよう――

季蔵は翌日、暖簾《のれん》を仕舞わせて三吉《さんきち》を帰した後、この味噌もちを拵え始めた。

糯米はすでに洗って一晩水に漬けて笊《ざる》にあげてある。大豆《だいず》は使う直前にさっと洗う。蒸籠《せいろう》に糯米を入れ、その上に豆味噌と大豆を載せて半刻《はんとき》ほど蒸す。蒸し上がったところで当たり鉢に取って当たり棒で搗《つ》き、粗《あら》い餅状にする。そこへ砂糖きびの風味が生きているきび砂糖を振り入れ、くるみを散らし、餅がなめらかになるまで搗く。

米粉を取り粉に用いる普通の餅のようなやり方で成形する。

――ここから結構かかるな――

味噌もちに限らず、搗いた餅は一日置かないと切れる固さにならない。高力からの聞き書には、〝食べやすく、焼きやすい大きさに切る。厚すぎると小腹が空《す》いた時、網でさっと焼いて供することができない〟と記されていた。

満月の夜であった。

――少し寝ておこう――

季蔵は店を出て自分の長屋へ帰ることにした。

住んでいる銀杏《いちょう》長屋の木戸門が見えてきた。月に照らされた人影がある。

――待ち伏せか――

季蔵の全身に緊張が走った。一瞬、身を翻しかけたが、

――敵ならもう気がついている。引き返して逃げるには遅い――

変わらぬ足取りで歩き続けた。幸いにも背後に気配はない。

二

お涼《りょう》の家から塩梅屋《あんばいや》に戻る途中、背後から襲われた時の恐怖が蘇《よみがえ》った。なぜか、その刹《せつ》那《な》、今まで思い出せなかった相手の様子が感得できた。

——わたしを押して材木の下敷きにしようとした相手の両手は、わたしが躱《かわ》したせいで、腰の下辺りで宙を切っていた。背丈はわたしより低かったのだ——

見えている人影はとりたてて長くも大きくもない。

——あの時の男は死んでいる。けれども、さらなる襲撃者を含め、市中の人たちの多くが、このような変哲のない背丈なのだろうから油断はできない——

長屋に近づくにつれて季蔵の緊張が高まっていく。

——材木に押し潰《つぶ》された男はどんな顔をしていたのか?——

それがまるで思い出せなかった。

——まあ、言われた通りに動く下っ端なのだろうが——

自分に代わって絶命した相手の断末魔の顔をちらりとは見たはずなのに、まだ思い出せずにいる。

——しかし、わたしを尾行《つけ》、仲間と示し合わせて、頃合《ころあ》いで押し潰すのはそうたやすいものではない。まずはお涼さんの家からの帰り道は、必ず、あの道を通ると知っていなければならないし——。屈強の若者である必要はないが、周到さを兼ね備えた者でなければ無理ではないか？――

その時、長屋の木戸門から人影が動いた。こちらへ小走りで向かってきた。

「季蔵さん」

「ああ、親分でしたか」

待っていた人影は岡《おか》っ引《ぴ》きの松次《まつじ》であった。季蔵はほっと息を吐《つ》いた。

「あんたんとこの油障子《あぶらしょうじ》を叩《たた》いたんだが、うんともすんとも言わねえんで、ここで待ってたんだ」

「店の後片付けをしていたらすっかり、遅くなってしまいました」

「仕事熱心なあんたのことだから、そんなところだろうと思ってたよ。なにね、お奉行様のお言いつけで、ちょいと付き合ってほしい所があるんだよ」

松次の声は軽めの言葉とは裏腹にぴんと張り詰めていた。

「わかりました」

季蔵が応《こた》えると松次は早足で歩き始めた。

「どちらまでです？」

「行き先は高輪《たかなわ》だから、そう近くはねえんだよ」

松次の足は廃寺と思われる、月明かりが鬱蒼《うっそう》と生い茂る夏草を照らし出している一隅で止まった。

「おかげ参り騙《がた》りの連中はそこそこお縄にしたものの、次から次へと湧《わ》いて出てくるんだ。

そしてたいていは住まわれずに放《ほう》っておかれてる家や破れ寺に入り込んで暮らしてる。こちとらは辛抱強く調べを続けてて、とんでもねえもんに行き当たっちまったわけなんだよ」

松次の言葉に、

「行き当たったとんでもないものとは？」

思わず季蔵が問い返した。

「とても口には出せねえよ。お奉行様も田端《たばた》の旦那《だんな》もご覧になってる。自分の目で確かめてくれ」

そう応えた松次は崩れかけた山門を抜けると、本堂の右手から続いている墓所へと足をさらに速めた。

松次に続いた季蔵は寺に入った時から鼻をついてきていた、耐えがたい異臭が強まるのを感じた。

——これは——

「来てもらいやした」

松次の声かけに、

「ご苦労」

振り返って季蔵の方を見た烏谷《からすだに》は手ぬぐいで口と鼻を押さえているせいで、労《ねぎら》いの言葉がくぐもった。異臭に耐えかねて眉根《まゆね》を寄せている田端の方は、無言でうんと大きく頷《うなず》いた。

二人は墓前にぽっかりと空いている大きな穴の前に立っている。

「寺に墓所、墓所に骸《むくろ》は付きものだがここまでのものとなるとな」

くぐもり声で鳥谷が呟《つぶや》くと、隣の田端が季蔵のために一、二歩退いた。季蔵は鳥谷と並んだ。月明かりがそうは深くない墓穴を照らし出している。くの字に座らされている骸が見えた。その背中には黒い影が動いている。腐肉を好む多数の虫がびっしりと張り付いて蠢《うごめ》いているのだ。

――棺桶《かんおけ》にも入れず剝《む》き出しで埋めて、上に土も盛っていない。埋葬にしては何ともおかしい――

「おかしなことはほかにもある、松次、見せてやれ」

「へい」

松次は本堂の裏へと歩き始めた。季蔵もついていく。裏手にも幾つもの墓が並んでいて、その中ほどにある墓の前で松次は止まった。

「何と」

無残なと季蔵は続けかけたが言葉が出なかった。

――これでは仏罰が当たるだろう――

本堂に祀《まつ》られていたと思われる仏像や仏具が積み重ねられて捨てられている。それだけではなく、古びた棺桶が幾つか並んでいる。

――おそらくこれらも捨てられているのだろう――

季蔵は月明かりを頼りに目の前にある墓所を調べた。墓が掘り起こされた様子はない。

「おかげ参り騙りの連中は墓荒らしまでやってのけてんじゃねえかって、お奉行様の御指図で、他に掘り起こされている墓や棺桶はねえかって調べたが、さっきのとこだけなんだよ」

「そうなのですね」

季蔵が頷いたところへやってきた烏谷は、松次の方を向いて、

「今、本堂の中を見てきたところだ。どうやら、多数が寝泊まりするために邪魔な仏像や仏具をここに捨てたようだ。わしの調べだけでは足りぬゆえ、そちと田端とでもう一度調べてきてはくれぬか？　大事な証《あかし》を見落としてはならぬゆえな。本堂に行ってくれ、田端が待っている」

軽く頭を下げた。

「わかりやした」

意気込んで松次は本堂へと走った。

「ふう」

烏谷は大きな吐息をついて、

「これに見覚えはあるか？」

季蔵の目の前に蒔絵《まきえ》の鷲《わし》が描かれた印籠《いんろう》を突き出した。

「こ、これは」

驚きの余り、季蔵は声も出なかった。

「どこにあったのです？」

「今、調べてきた本堂だ」

「まさか――。そんな――」

季蔵は目が印籠に吸い付けられたままで、言葉を継げなかった。

「捕縛した者たちは皆、ごろつきばかりで小遣い銭欲しさに加担していただけで、肝心なことは何一つ知らされていなかった。だが、そいつらを束ねていた何人かを、やっとお縄に出来た。多少の知恵は廻《まわ》って、上からの指示を直《じか》に受けていた者たちだ。太古の昔から神であられるお伊勢《いせ》様をだしに使っての悪事は畏《おそ》れ多いものゆえ、打ち首だと脅して、滅刑を餌《えさ》に隠れ家を教えろと迫ったところ、そやつらはやっとこの寺が隠れ家だと白状した。騙りの手腕を認められたごろつきの中の何人かがここに集まり、寝泊まりさせられていたが、見張られているような気がして、曰《いわ》く言い難い恐ろしさもあったと言う。また、黒幕たちは全員、黒い頭巾《ずきん》を被《かぶ》っていて帯刀していたという。侍ならではの見下してくる冷たさと怖さだったと話しておった」

「頭巾を被った侍たちの数は？」

「常に十人ほどだったが、背丈や声の違いでいつも同じ輩《やから》ではないとわかったそうだ」

「入れ替わり立ち替わりで何人もの侍がおかげ参り騙りを指揮していたわけですね」

「そこまでは言い切れないがこれがある以上、その可能性はある」

烏谷は今一度黒い塗りの上で金粉の鷲の姿がよく光る印籠を凝視した。

「漆《うるし》の塗りの良さといい、金粉で描いた鷲の細工といい、これはよほどの者が持つ代物ではないだろうか？　そちは誰の持ち物か心当たりがあるようだが？」

烏谷は季蔵をねめつけた。

「それは亡き殿、鷲尾《わしお》影親《かげちか》様が家臣の一人森山主水《もりやまもんど》様にお下げ渡しになられたものだと思います。影守《かげもり》様お誕生の日が森山様の奥方様が難産の挙げ句お子様と共に亡くなられた日でした。その符合を定めと受け止められて、森山様は影守様に忠義の限りを尽くされていらっしゃいました。その忠義に応えて、殿が蒔絵師に特別に注文して誂《あつら》えていた印籠をお下げ渡しになられたのです。その折、わたしたちも拝見し、細工のすばらしさにため息が出たものです。森山様は家宝として大切になさっていたはずですから、どうして、ここにあったのかわかりません」

季蔵はもう何年も忘却の彼方《かなた》にあった鷲尾家の家臣の一人を思い出していた。

三

「影守はそちや瑠璃《るり》を今の境遇に追い込んだだけではなく、御定法を犯してよからぬことを多々企《たくら》み行った悪人だ。あやつのために泣きに泣いた者たちは数知れない。悪事を犯すために生まれてきたような人でなしだ。よくもあのような悪辣《あくらつ》な男に忠義を尽くしたものだ。そもそも己が長になるために親殺しさえ厭《いと》わなかったあの男に、どのような忠義が通じたというのだ？」

烏谷は首を傾《かし》げた。

「瑠璃の父酒井《さかい》三郎《さぶろう》右衛《え》門《もん》様は動、森山主水様は静に徹しておられました。酒井様の動はひたすら鷲尾家の繁栄を意図して鷲尾家のために尽力されていましたが、他人前《ひとまえ》では挨拶《あいさつ》程度にしか口を開かない森山主水様の静は、わが子同然の気持ちで仕えておられた影守様への溺愛《できあい》に等しい忠誠でした。森山主水様はどんな影守様でも、またどんな理不尽な命でも受け入れておいででしたから」

例えばと口から出かけた言葉を季蔵は呑《の》み込んだ。

――瑠璃に横恋慕した影守様がわたしを嵌《は》めて手討ちにしようとした仕掛けは、わたしが家宝の茶碗《ちゃわん》を割ってしまう段取りであった。茶碗は、わたしがその箱に触れた時すでに割れていたのだが、割ったのは森山主水様に違いないと家中《かちゅう》で囁《ささや》かれていた。家宝に手を下せる者は影守様を除いているはずもなかった。そして影守様の命には決して逆らわぬ森山様と――。ゆえに皆の囁きは真実であったろう。森山様は重臣でありながら、このような汚いお役目さえ引き受けていたのだ――

「影守様はお父上の影親様と相打ち合うという悲惨な御最期でしたが、生涯、森山様から過剰な愛を注がれてお幸せであったとも言えます」

季蔵は私怨《しえん》にまつわる憶測は口に出さなかった。

「森山主水なるものにそこまで一途《いちず》な忠誠心があったなら、悪行を続ける影守を己《おの》が腹を切って諌《いさ》めることもできたろうに――」

烏谷はふと呟いたが季蔵は応えなかった。

――森山様は影守様が生まれ、ご自身の妻子が亡くなったその日、あるべき魂を半分あの世に預けてしまわれたのかもしれない――

季蔵はこの時咄嗟《とっさ》に瑠璃の死を想定して、

――瑠璃にもしものことがあったら、わたしの裡《うち》の善悪が壊れてしまっても不思議はない――

自分を陥れる片棒を担いだと囁かれてきた森山主水への憤怒が消えていることに気がついた。

「季蔵よ」

烏谷が耳元で囁いて、

「この印籠の出処《でどころ》、公になってはまずかろう、そちに預けるぞ」

季蔵は手渡された印籠を震える手で懐《ふところ》にしまった。

――たしかにこれが鷲尾家の重臣の物だとわかれば、小遣い稼ぎで奉行所役人は瓦版屋《かわらばんや》と繋《つな》がっているゆえ、鷲尾家はおかげ参り騙りの首謀だったと、武家を取り締まる御目付《おめつけ》に伝わるだけではなく、広く世に知られてしまう。先代は長崎《ながさき》奉行まで務めた名家だというのに、鷲尾家が取り潰しになってもおかしくない――

「よって骸検分は今、この寺に居る我らだけで行う。穴からまた、余計なものが出て来ないとも限らん。骸を引き上げる助けは呼ばぬぞ」

「わかりました」

こうして、夜が明けるのを待って穴の中の骸が引き上げられた。季蔵と松次が穴に下りて骸を抱え上げ、田端と烏谷が上で待ち構えていて受け取る。食事の邪魔をされた蟻《あり》たちが一斉に嚙《か》みついてきて、

「痛っ、こん畜生」

松次が悲鳴を一度上げただけで誰もが無言であった。

「もう一体、骸があります」

季蔵は先の一体を引き上げた後で気がついた。

「何と――」

烏谷は絶句し、

「それも引き上げよ」

田端が命じた。

「はい」

応えた季蔵は松次と共に一部白骨化している骸を、崩さないよう気をつけながら上へと上げた。

筵《むしろ》の上に骸二体が並べて置かれ、泥だらけの季蔵と松次、二人ほどではないが泥で上半

身と両手を汚している、田端と烏谷がこれらを取り囲んだ。

「いったい、これはどういうことなのだ？」

烏谷は知らずと腕を組んでいる。

「一体ずつ、検《あらた》めていきましょう」

季蔵が手を合わせ、屈《かが》みこむと虫が苦手の烏谷以外は倣《なら》った。たびたびこのような場に呼ばれて、骸検分も兼ねる牢医《ろうい》を見様見真似《みまね》しているうちに、いつしか季蔵は骸の検分に長じるようになっている。習ったというほどではないので、

「こればかりは天分よな。料理以外にそちにそのような才があったとは頼もしい限りじゃ」

烏谷に持ち上げられて、便利に使われてきていた。

「まずは新しい骸から検めます」

そう言って、小袖《こそで》の胸元を開いた。

「あっ」

季蔵と同時に烏谷、田端、松次が声を上げた。

「女子《おなご》だ」

「虫による産卵や腐食は血の噴き出る裂傷箇所だけではなく、目、鼻、耳の中、口等の柔らかで湿った部分から、より早く進むので顔からは分かりませんでしたが――」

「髷《まげ》の形は侍のものです」

田端の指摘を背中で聞いて、季蔵は検めを続けた。

「刃物等による切り傷はありません。蟻や蠅《はえ》等の集まり具合と死肉の減り方から見て、頭部、背中、下半身に打撲による裂傷があり、それらが死の因《もと》ではなかったかと思われます。高いところから落ちたとか、何か大きくて固いもの、例えば、落ちてきた岩や材木の下敷きになって、押し潰された可能性もあります」

季蔵は仰向《あおむ》けになっているその骸を凝視した。

「歯の様子でおよその年齢《とし》の見当がつくかもしれません」

季蔵は骸の口をこじ開けた。

――香具師《やし》の元締めの島屋三右衛門がそうだったように、今際《いまわ》の際に、何か下手人の手がかりになるものを口に入れていることもある。もし、鷲尾の家に関《かか》わるものであったら、気付かれぬよう隠さねばならない――

松次と田端が季蔵が開かせている骸の口に各々の目を寄せた。

「歯茎と歯の減り方から見て年齢は五十歳ほどです」

「ずっと以前、若く作っていた老爺《ろうや》の骸は見たことがあったが、男に化けていた女は初めてだ」

烏谷はふうと驚きのため息をついた。

「そうは言っても、これですよ」

松次はさっと髷に触れて黒くなった掌《てのひら》を見せて、

「ようは働き盛りの侍のふりをして髷さえ染めていた老婆が、何かに押し潰されて死んだってことでしょ？　どうして骸になったその女が、くの字でこの穴の中に入ってたんです？」

しきりに首を傾げた。

「先へ行ってくれ。合わせればその謎《なぞ》も解けるやもしれぬ」

烏谷は季蔵をちらと見て、一部白骨化している骸の方へと顎《あご》をしゃくった。

「こちらは古い骸です。肩と胸の骨に刃物で刺した痕《あと》があります。おそらく襲われて殺されたのでしょう。腰の骨の大きさから推して男です。歯はそれほど擦り減っていないので、四十歳にはまだ手が届いていなかったはずです」

季蔵の説明に、

「他に手がかりはないのか？」

烏谷は苛立《いらだ》った。

――そうだ――

季蔵はその骸が右手をしっかりと握りしめていることに気がついた。手の指骨の間から黒緑色の紐《ひも》のようなものが見えている。その端を摑《つか》んで強く引くと、するするとやはり紐状のものが出てきた。指骨が緩むと葉に似たものも摑み出せた。季蔵はそれらを掌に載せてじっと見入り、

「これらは指の骨に守られて形を残していた、笹の葉といぐさひもだと思います」

はっきりと言い切って、

「以前、故郷が羽州だというお方にこれを店までお持ちいただき、笹巻きなるものを拵えたことがありました」

「そちの店で作ったというからには食べ物であろうな？」

「はい、もちろん」

季蔵は笹の葉といぐさひもで三角にくるむ笹巻きについて手短に説明した。

四

「腹持ちのよい菓子で、小腹の空《す》いた時にも打ってつけの代物ではないか」

「左様にございます」

「それも作れ」

烏谷は酒田から訪れる豪商へのもてなしを忘れてはいなかった。

「笹巻きなるもの、常に持ち歩いていられるほど日持ちがするものなのか？」

「三、四日でしょう」

「すると、そちが拵えてやった物の残りを持ち帰り、ほどなく殺されたというわけか？」

「いいえ、そうではありません。作った笹巻きはわたしや居合わせた他のお客様にお裾分《すそわ》けしつつ、全部、美味《おい》しく召し上がられました。高力様はいぐさひもを掛けた笹の葉を守り代わりにしておられたのです。これには中身は入っていませんでした」

「高力と申したな、高力何というのだ?」

「たしか、高力真之介様でした」

聞いていた田端が手控帖《てびかえちょう》を取り出して素早くその名を記すと、

「急ぎその名の者が神隠しに遭っていないか、下山藩江戸屋敷に訊いてみます」

「頼むぞ」

烏谷は大きく頷くと、

「まだ二体の骸と放り出されていた棺桶との関わりを聴いていないぞ」

季蔵の方を向いてぎょろりと大きな目を剝《む》いた。

「二体を運び出した墓所の穴は普通の墓所のものに比べて大きく、放り出してあった棺桶がゆうに入ります。他人様《ひとさま》の墓所から棺桶を放り出した目的は、二体目の古い骸を捨てて秘すためだったのだと思います。殺した骸の始末を廃寺の墓所でつけようとしたのです。骸だらけの墓所なら骸を隠すには最適でしょう。そして土で蓋《ふた》をしておき、何年か経《た》った今、新たに出た骸を同じ場所に葬ろうとしたのです」

「同じ下手人の仕業でやしょうか? 前の時はどさっとうつ伏せに骸を放り込んでるだけなのに、今度のは棺桶に入れる時みてえに座らしてる。それと別の場所の棺桶に付いてた土はまだ乾ききってねえ。ってえことは、前ん時は棺桶を穴に戻してて、今度は骸を座らせるために棺桶を別の場所に除《の》けた? 同じ下手人だとするとちょっとね――扱いが違やしませんかい?」

松次に問いかけられ、

「今回の骸を座らせたとしても、穴はまだまだ大きく放り出した棺桶を納めることはできます。骸をこのように埋めて隠そうとした人たちは、捕り方《かた》に驚《と》いて逃げ出したのだと思います。いずれは放り出した棺桶も前回同様、ここに埋めて土を掛けておくつもりだったのですよ。これでわかることは、下手人にも多少仏罰を恐れる気持ちはあったということです。それと前回は骸をうつ伏せに放り込んだままで、今回は座らせているのはきっと、意味があるのだと思います。例えば、前回はよく知らない者を殺傷しての始末、今回はよく知っているか、身内同然の相手だからこそ、公に弔えない理由があったとしても、普通の仏を扱うように、せめても座らせて供養しようとしたのではないかと——」

　季蔵は感じたままを応えた。

　二体の骸は番屋へと運ばれて、骸検分医のさらなる調べを受けるまでもなく、この寺で葬られることになった。

「高力真之介はこちらで調べる。そちは近々に瑞千院《ずいせんいん》様のところへ行って、さっき預けた印籠についての話を訊いてきてほしい」

　——今時分、瑞千様にお目にかかるには、うこぎが要る——

　うこぎは落葉低木で、その新芽を茹でて刻み、塩味のご飯に混ぜて供する。

　——そういえばうこぎも羽州で食されている混ぜ飯だったな——

「わかりました」

季蔵は一度長屋に戻ると土にまみれた着物を脱いで盥《たらい》で洗い、湯屋《ゆや》に行って身体《からだ》を清めてから汚れていない着物に着替えて店へ出た。この日の仕込みの要領を三吉に伝えてから、

「ちょっと出てくる」

塩梅屋を出て、新石町《しんこくちょう》の良効堂《りょうこうどう》へ向かった。

良効堂は薬問屋で、薬草園まで有していて、店に並ぶ漢方薬等の薬のほとんどを薬草園での栽培で賄《まかな》っている事実を自負している。

「鹿《しか》の角《つの》や肉桂《にっけい》等の一部例外もございますが、てまえどもでは自分の手で育てたものでなければ、薬として売ることに得心ができません」

そう言い切る主《あるじ》佐右衛門《さえもん》の商いは決して太いものではなかったが、細く長く連綿と続いてきていた。先代長次郎《ちょうじろう》からのつきあいでもあり、今でも季蔵は入手できない食材を佐右衛門に頼ることが多々あった。

——良効堂にはうこぎの生垣がある——つきあい酒や御馳走三昧《ごちそうざんまい》が過ぎたりする向きには欠かせないのがうこぎの効能であった。

——是非とも、うこぎご飯を拵えてお持ちしなければ——

季蔵が良効堂の店先で訪《おとな》いを告げると、すげ笠《がさ》に地下足袋《たび》という姿で薬草園で働いていた佐右衛門が噴出した汗を手ぬぐいで拭《ふ》きながら顔を出した。主自ら薬草等の世話をしている。

「よくおいでくださいました」

どんな時でも礼儀正しいのもこの老舗《しにせ》の伝統であった。

「うこぎもそろそろ最後にさしかかりました。それでうこぎを摘みにおいでになるかもしれないと思い、朝方、摘んでおきましたので、よかったらお持ち帰りください」

限られた客が代々続いている良効堂は、常にさりげない配慮を怠っていなかった。

ちなみにうこぎはやっと寒さが緩んだ頃、香り高い新芽をふく。その後は摘むたびに新芽が出てきて、初夏まで食することができる。庄内近隣では雪が消えた後の春そのものであった。

「ありがとうございます」

季蔵が丁重に頭を下げると、

「まあ、一休みなさって行ってください」

座敷へ案内されてうこぎ茶を振る舞われた。独特の苦みの後に爽《さわ》やかな香りがくっきりと際立つ。茶請けは茹でて細かく刻み、焼き味噌と和えたうこぎの切り和えであったが、フキノトウの味噌和えに引けを取らぬ絶品であった。

「そうそう、文を預かっておりました」

佐右衛門は季蔵が茶を飲み終えたところで、一通の文を渡してきた。

佐右衛門の妹お琴《こと》は季蔵の弟と結ばれて堀田《ほった》家の嫁となり、二人の子を生《な》している。今や、佐右衛門と季蔵は親戚《しんせき》関係にあった。季蔵は主家を出奔したせいで堀田の家とは絶縁、また、弟の成之助《しげのすけ》とも滅多に会うことは叶《かな》わない。季蔵と弟とは、よほどの時に限り、佐右衛門に間に入ってもらって文《ふみ》を交わし合っている。

「それはお世話をおかけいたしました」

季蔵は早速、弟からの文を読み始めた。


お変わりなくお過ごしと信じつつ、この文を書いています。身辺に何か不審なことが起きていないかと案じられます。

父上を守っていただいたこと本当にありがたく存じます。さすが兄上です。それがしもなにか返しをしたいと思っているのですが、何しろ非力者ですので、家中の様子を伝えるに止《とど》めます。

亡き殿影親様が長崎奉行を務め上げられたというのに、家中は悲しいぐらい切実な金の問題に悩まされています。貧しいのは禄《ろく》の少ない当家だけではありません。禄高の多い家ではそれ相応の暮らしをしてきたのですが、それももう維持できなくなっているのです。

皆、金が無く内証が苦しい、これが家中の空気になって暗雲が膨らみ続けています。不平不満が始終囁かれています。

時にはこれをわざと上に聞こえるように言い、お役御免になった者もいます。武家の妻が春を売るのは珍しくはありませんが、娘まで同様なことをして家計の助けをしている者もいます。

そんなさ中、兄上の出奔や瑠璃様の失踪《しっそう》が皆の口に上るようになったのです。切腹する代わりに主家を捨てたり、御嫡男の菩提《ぼだい》を弔う側室《そくしつ》としての義務から逃げたとして、二人の罪を問い続けるべきだという風潮になってきたのです。兄上たちは死んだと言われているのに、何とも合点の行かない話です。皆の心情は〝死んだものだと思っていたが、実は市中で料理人になって商いをしているのは許さぬ〟ということなのでしょう。言い出したのは瑠璃様の兄に当たる酒井重蔵《じゅうぞう》様であるとか――。貧窮が続く余り、家臣たちの間で失われつつある主君への忠節、義の精神を強固にするためだとおっしゃっておられるようです。ですが、実は皆の気持ちを苦しい内証から逸《そ》らせ、今起きている貧窮の責任さえ、兄上たちに転嫁しようとしているのではないかという気がします。何とも釈然としない気持ちでそれがしたちは日々を過ごしています。一時緩んで穏やかになった家中の目が、また再び険しく厳しいものに変わりました。

当家では一番人目を気にしていた父上が老いのため、呆《ぼ》けていることが多くなりました。そうなった父上は他人《ひと》の目など一向に気にしません。そんなわけでそれがしたちも気にしなくなりました。そもそも、禄高を減らされ一時上総《かずさ》へ流された堀田家は罰を受けて、すでに償いを済ませているのですから。

今、心に浮かんでいるのは〝生きていればこそ〟という言葉です。それがしたちも胸を張って日々を暮らしていくつもりです。

どうか鷲尾の家の思惑、策謀等になど負けずに生き延びてください。

成之助

兄上様

追伸

決して目立つことなく、影守様の影のようだった森山主水様を覚えていますか？　影親様、影守様ご逝去後、影守様付きだった森山主水様は出家なさいましたが、漏れ聞いた話ではとっくに還俗《げんぞく》なさり、影守様ご逝去の折、鷲尾家を去った影守様側近たちの頭として君臨し、この江戸の闇《やみ》の中で息を潜《ひそ》めているという話です。

五

――〝生きていればこそ〟、たしかによい言葉だ。これほど長い文を弟成之助から貰《もら》ったのは初めてだ。堀田家の没落はわたしの出奔が因《もと》だったというのに、恨みつらみを経て、ここまでの気持ちを伝えてきてくれるとは――

季蔵はやっとの思いで涙を堪《こら》えた。

「もう一杯、うこぎ茶をいかがですか？」

佐右衛門に勧められて、

「いただきます」

季蔵はうこぎ茶の二杯目を啜《すす》った。

「身も心も清められて生き返るかのようです」

季蔵の言葉に頷いた佐右衛門は、

「それはこちらで御預かりいたしましょう。来年もうこぎが清々《すがすが》しい新芽をつけるようにいたします」

手を伸ばした。

堀田家の家長である弟と季蔵の間を文のやり取りで取り持っている佐右衛門は、向こうから来た文は季蔵が読んだ後、必ず焼き捨て、その灰を薬草園の肥やしにしている。このような仲介を担っていると知られれば、佐右衛門にまで迷惑がかかると季蔵から言い出した始末であった。

――今回に限っては何とも惜しい――

季蔵が珍しく躊躇《ちゅうちょ》していると、

「申し訳ありません」

佐右衛門は受け取ろうとして差し伸ばした片手を引こうとはしなかった。

「よろしくお願いします」

季蔵は文を渡し、うこぎの新芽が詰まった木箱を手にして良効堂を辞した。

――しかし、なぜ、高力真之介様はうこぎの話をされなかったのだろう？　雪深い羽州ではうこぎの新芽は、うれしい春の訪れそのものだったはずなのに――。幼い頃から食べ飽きていて、なつかしいとは思わなかった？　いや、食べ飽きていたものこそ、なつかしい味のはずなのでは？――

季蔵はきらきらと目を輝かせながら、しきりに故郷の食べ物の話をしていた高力真之介の、年齢よりも落ち着いて見える、笑うと目尻《めじり》に皺《しわ》の目立つやや老け気味の顔を思い出していた。その顔に先ほど見た頭蓋骨《ずがいこつ》が重なり、

――あの骸が高力様でなどあってほしくない。高力様が妻女に笹巻きをと頼んでも拵えてくれるのは、たいていが手間のかからないうこぎ飯。高力様は故郷でうこぎ飯にうんざりしながらも、〝きどい、きどい〟と妻の料理を褒《ほ》め上げつつ、箸《はし》を動かしているものと思いたい――

心から高力真之介の無事を祈らずにはいられなかった。ちなみに〝きどい〟とは、噛みしめると最初は苦味を感じ、後口に爽快《そうかい》な芳香が広がること。そんな独特な香りとほろ苦さを羽州の一部では〝きどい〟と言うのだと、教えてくれたのは、食べ物や料理に通じている瑞千院であった。

――瑞千院様も今年二度目のうこぎ飯を待たれていることだろう――

塩梅屋へと戻った季蔵は急ぎうこぎ飯を拵え始めた。

「こっちは俺《おれ》一人でやるからいい」

三吉はすでに夜の仕込みに精を出している。

「その分じゃ、今日の賄いはうこぎなんだね。最後のうこぎかあ、大事に食べなきゃ」

言葉とは逆に三吉は少しばかりがっかりした声を出した。このところ毎年、塩梅屋では、

瑞千院の頼みもあって、春先と初夏にうこぎ飯が作られる。

「あれ、不味《まず》いってわけじゃないんだ。うこぎって、はじめは苦いけどすぐ旨味になるしさ。でも、うごき飯だけだと頼りないし、後でおいらお腹空《なかす》くんだよ」

「うこぎの天ぷらや切り和えも作るから、心配するな」

「わっ、天ぷら？　おいら大好きっ。天ぷらって仕掛け、どんなもんでもあのからっとした衣で美味しくさせちゃうよね」

飛び上がって喜んだ。

うこぎ飯はまず、塩茹でし冷水に取って色止めしたうこぎをぎゅっと絞り、細かく刻む。飯は酒と塩、水で炊き上げ、刻んだうこぎと混ぜる。すぐに供さないとうこぎが茶色くなってしまい、〝きどい〟はずのせっかくの風味も落ちる。

瑞千院まで届けることを念頭に置いて、季蔵は天ぷらと切り和えを先に拵えた。

二段重の上に天ぷらと切り和えを詰め、下に炊き立ての飯を敷いた。これにうこぎは混ぜていない。刻んだうこぎは佃煮《つくだに》等を入れる器に移して別にしてある。瑞千院は飯が多少冷えていても、色鮮やかで風味豊かなうこぎ飯が好みであった。

「遅くなるが夕方までには戻る。後はよろしくな。うこぎ飯や天ぷらは思い切り食っていいぞ」

季蔵は重箱等を包んだ風呂敷《ふろしき》を手に塩梅屋を出た。

瑞千院が庵主《あんじゅ》を務める市ヶ谷《いちがや》の慈照寺《じしょうじ》の庭では、三人ほどの尼が山門近くに植えられている梔子《くちなし》の木の手入れをしていた。梔子の白い花々が夢心地に誘われて癒《いや》される、何とも香《かぐわ》しい芳香を放っている。

「ごめんください」

季蔵が挨拶をすると、

「よくおいでくださいました」

瑞千院が髪を下ろす前から仕えている良賢尼《りょうけんに》が手入れの手を止め、山門まで歩いて迎えた。

「瑞千院様に塩梅屋がうこぎ重をお持ちしたとお伝えください」

季蔵が風呂敷包みを渡すと、

「有り難く頂戴《ちょうだい》いたします。ここ何日か、庵主様はあまり召し上がらず、本堂に籠《こも》って写経ばかりなさっておいでです。どうなさってしまったのか——きっと、好物のうこぎ飯で元気を取り戻されることでしょう」

深々と頭を垂れて本堂の方へと歩いて行った。

——瑞千院様の御加減が悪いとは？——

季蔵は不安を抱きつつ、

「ご精が出ますね」

残っている二人の尼に話しかけていた。

——瑞千院様が気になる——

「今年は害虫が多くて大変なのです」

二人はせっせと梔子の木の葉から、小指の半分はある緑色の芋虫を摘《つ》まんでは手にしている手籠《てかご》に入れている。

「これだけは庵主様もなさいません。害虫とはいえ殺生はお嫌だとおっしゃって。そのせいで庵主様はもう何本もの梔子を枯れさせてしまわれました。楚々《そそ》とした姿で香りのよい梔子の花は、庵主様が一番好きなお花なのに。そこで良賢尼様とわたしたちが率先して、毎年、花芽さえも食べてしまう害虫を退治しているのです。このように集めておいて後で焼きます」

二十歳《はたち》前と思われる尼が言った。

「よく瑞千院様がご承知なさいましたね」

季蔵は瑞千院が千佳《ちか》と称していた頃、蠅や蟻、蚊一匹殺せなかったことを知っていた。

――そのようなお心のお方ゆえ、御自分の御子ではない影守様にも慈悲の心を傾けられたのだったが――

もう一人の尼が、

「なんとか良賢尼様が説得してくださいました。それに梔子は花を咲かせないと実の山梔子《さんしし》をつけません。実はわたし、厨《くりや》や料理を任されています。きんとん作りが得意です。山梔子で色をつけなければきんとんも美味には見えません」

と続けると、

「ああ、きんとん、あの色、あの味と甘さ」

若い方が大きくため息をついた。

「それと良賢尼様によれば、実の山梔子は血の流れを良くして、肩こりや痛みに効き目があるとのことです。良賢尼様は庵主様にもお勧めして、茶に煎《せん》じて飲まれているようです」

もう一人の尼が言い添え、

「でも山梔子の実って、梔子の花と違ってほとんど匂《にお》いがないんです。山梔子の実が梔子の花のように匂ったらいいのに。そう思いません？」

若い尼が訊いてきて、

「よい香りの匂い袋が出来そうです。ですが、茶の方は身体のために何とか飲めても、きんとんには使えません。わたしたちは栗《くり》のくすんだ地色のきんとんで我慢することになるでしょう」

季蔵は大真面目《おおまじめ》に応えた。

六

「庵主様がお会いになるそうです。こちらへ」

良賢尼が戻ってきて季蔵を本堂へと誘った。

「庵主様、季蔵さんです」

良賢尼がお堂の外で声を掛けると、

「どうぞ」

瑞千院の常よりか細い声が促した。

「それではわたしはここで」

良賢尼が立ち去り、季蔵はお堂の扉を開けた。

「よく来てくれました。好物までいただいてしまい——礼を言います」

瑞千院は青ざめた顔色で、季蔵が持参した重箱を前に言った。文机《ふづくえ》は置かれていたが写経のための紙は白いままで、硯《すずり》にすられた墨だけではなく、近くにあった筆も乾いている。

——瑞千院様は写経さえお手につかずにおられたのだ——

「うこぎ飯もそろそろ終わりですので、お持ちいたしました。お召し上がりになりますか？」

「そうですね、いただきましょうか」

「それでは」

季蔵は重箱の前までいざると、風呂敷包みを解いて、下段の飯に佃煮入れに入っている刻みうこぎを混ぜた。念のために用意してきた小皿に取り、箸と新茶の入った茶筒を添えた。

「いただきます」

瑞千院はゆっくりとうこぎ飯を味わい、一口茶筒の茶を啜ると、

「わかっていたつもりが抜けていたことがありました」

ふと呟いた。

「そのお話、是非伺いたいです」

季蔵は促した。

「うこぎが羽州で食されるようになった話は前にしました。覚えておいでか？」

「羽州米沢《よねざわ》藩の上杉鷹山《うえすぎようざん》公が藩主であった時に藩政立て直しの高いお志のために、御自身も木綿しか着ずに一汁一菜に食も慎んで倹約を奨励され、うこぎを家々の垣根や生け垣に植えるよう勧めて、うこぎ飯をはじめとする菜の足しにせよと説かれたお話ではなかったかと——」

「その通りです。上に立つ者の尊い心構えとして、わたくしはその話にいたく惹《ひ》かれました。亡き殿も同様でした。そこでうこぎの苗を取り寄せて、鷲尾の家の生け垣と植えたことがあったのです。植えたのは春だというのになぜか夏には枯れてしまい育ちませんでした。それでうこぎ飯はずっと味わえず、そちが何年か前から拵えてきてくれて、はじめて堪能《たんのう》することができたのです」

「亡き殿の御供養にもなるのではと思いまして——」

「そなたは山門近くの梔子の虫退治を目にしたであろう？」

「はい」

「梔子も虫を退治せぬままだと、いずれ花も咲かず実も結ばず枯れ果てるという。あの時のうこぎもそうであったのです。蛾《が》の幼虫や蝿、蜂《はち》、髪切《かみきり》虫等を退治するよう庭師に告げられても、わたくしは虫とて命があるのだからと出来ませんでした。けれども、そのせいで鷲尾の家の生け垣にうこぎは根づかなかった。上杉鷹山公とてうこぎを枯らしてしまえば、家々の倹約につながらないゆえ、虫退治を薦めたことと思う。虫とて命があるなどという甘いお考えはなさらなかったはず。時に天候不順で凶作となり、餓死者の供養塔が建てられるほどの地にあって、生きるか死ぬかは人と虫との戦いであったことでしょう。それとわかってわたくしは梔子の虫退治を許したのです。それが何年か前のことでした。ですから、先ほど申した、わかっていたつもりというのは鷹山公のことではありますが、抜けていたというのはこの虫退治のことではありません。そなたが添えてくれた茶筒の新茶が目を開かせてくれました」

「もしや、新茶とうこぎの香りがやや似ていることでは？」

「実はそうなのです、さすがですね」

　瑞千院はこの日初めて微笑《ほほえ》んだ。

「宇治《うじ》茶を筆頭に上質の茶は値の張るものです。手の届かぬ者たちがほとんどでしょう。そこでうこぎの類《たぐ》い稀《まれ》な芳香に気づかれた鷹山公は、これを菜の工夫に役立てるだけではなく、茶に淹《い》れて飲むことも、家臣たちや民たちに勧められたのでは？　あのお方は倹約一辺倒ではない、人の日々の暮らしに欠かせない、真のゆとりもわかっておられたのだと思いいたりました」

「たしかにうこぎ茶は芳醇《ほうじゅん》な煎茶《せんちゃ》とは異なります。けれども、春から初夏にかけて、摘み取った生の新芽や葉の香りを茶にして飲むと、爽《さわ》やかこの上なく、身も心もすっきりと調った気がします」

「江戸流に言えば新茶もどきですね」

瑞千院は微笑み続けていて、

――話を切り出したら青ざめたお顔に後戻りされてしまうのだろうが――

季蔵が躊躇していると、

「森山主水のことで、ここしばらく何も手がつかず、ここの皆を案じさせるほどでした。それで何日か前、北町奉行烏谷 椋十郎《りょうじゅうろう》 殿に文を出しました。地獄耳と言われているあの方ならば、森山の身に起きたことをご存じであろうと察したからです。けれど、まだ返事がありません。よほどの事態なのでしょう。鷲尾の家中の話は聞いております。瑠璃の兄酒井重蔵が苦しい立場に立たされていることも。そなたも関わりがあるゆえ、このたびの一件はたいそう気がかりなことでしょう。なればわたくしは知る限りの事情をここで話さなければなりません」

瑞千院は毅然《きぜん》とした面持ちで切り出してくれた。

「よろしくお願いいたします」

季蔵は瑠璃が世話になっているお涼の家からの帰路に尾行《つけ》られた挙げ句、たくさんの材木を倒されて圧死させられかけた経緯《いきさつ》を話した。尾行ていた男が自分を背後から襲って、材木の下敷きにしようとした事実も含めて――。

「死んだという相手に心当たりは？」

「下敷きになった後の顔は見られませんでしたが、襲われて振り返った瞬時には見たような気がします。皺《しわ》の目立つ老爺だったかと。その時どこかで見たような顔だとは思いましたが、咄嗟には思い出せませんでした。ですが、これは後で骸を見つけて検めて思い出したことなので、わたしの勝手なこじつけなのかもしれません。ああ、でも――、そうでした。これが骸のあった廃寺の本堂にございました。わたしの知っている持ち主は森山主水様です」

季蔵は金粉で鷲が細工されている印籠を取り出して見せた。

「なるほど――」

瑞千院はこれ以上はないと思われる悲痛な表情で、

「そなたを殺そうとしたのは森山と今の手下たちだと思います」

きっぱりと言い切った。

「森山様は影守様亡き後、出家されたと聞き及んでおりますが――」

「その通りです。わたくしは存じませんでしたが――」

「その後、森山様はどうしておられたのでしょう？」

「そなたは密《ひそ》かに市中を跋扈《ばっこ》して影守仕込みの悪事を続けているという、影守の配下たちの話を耳にしたことがありますか？」

「噂には――。しかし、主だった者は瑞千院様のお導きの下に改心したのでは？」

「心を入れ替えたのは軽輩たちです。重く用いられていた者たちは鷲尾の家を出て、影守の悪行を継ぐことが忠義の供養だと、取り憑《つ》かれたかのごとく信じていました。わたくしはその者たちに会い、力が及ぶ限り、影守の心得違いを説いて、御仏《みほとけ》のご加護を受けるよう考えを改めさせました。その者たちの首が獄門台に晒《さら》されるのを見たくはなかったからです。仕官先を探し、なんとかなりましたが、中には〝影守様の悪行の数々は仏の道、人の道に背くことだとわかりました。それでも主は主です〟と涙ながらに訴えて、菩提を弔いたいと出家する者もおりました。そして、今でもその者たちは、時折、わたくしを訪れて、御仏の話を聞いていってくれているのです。妻子を養うのに足りない、幾ばくかの金子を求めて来る者もいますが――。そんなわたくしはいつだったか、烏谷殿に〝あなた様はなかなかよい俯瞰《ふかん》の目をお持ちですね〟と言われたことがありました。けれども、それは烏谷殿の買い被りにすぎません。森山は、わたくしの許《もと》に一度として姿を見せてはいなかったからです」

瑞千院は思い詰めた様子で唇をきつく噛んだ。

「出家なさってからの森山様はどのように？」

「悪の道に入り込みかけて、人の道に立ち戻った者の話では、森山はいつしか市中のごろつきたちを束ねるようになって、盗み、脅し、人攫《ひとさら》い等の悪事を続け、闇の頭と呼ばれていると聞いていました。御仏に背を向けて改心などしないことが、森山流の影守への供養だったのです。わたくしさえ、あの時、森山主水が生きることを許さなければ、こんなことにはならなかったと悔やまれてなりません」

瑞千院は言葉を切って俯《うつむ》いてしまったが、

——森山主水が生きることを許すとは？　もしや、瑞千院様と森山様との間には浅からぬ縁があるのでは？——

季蔵はその先を辛抱強く待った。

しばらくして、

「そなたは圧死した森山らしき骸を見たはずです」

瑞千院は静かに話の続きを始めた。

七

「影守誕生の日、森山家でも男の子が生まれたのですが、産声を上げることなく亡くなりました」

「森山様の奥方様も御一緒にあの世に旅立たれたと聞いています。それゆえ、森山様は影守様を我が子のように慈しまれ、尽くされ続けたのだと——」

季蔵は聞かされていることだけを口にした。

「けれども、あの森山であるはずの骸の主は女子でした。そなたはその事実を不審に思っているはずです」

季蔵は応える代わりに頭を垂れた。

「はっきり言います。あの日以来森山主水は女になったのです。赤子と共に亡くなったのは森山本人で妻女ではありません。赤子も生まれてすぐ死んだのではなく、森山が罹《かか》ってしまっていた、流行風邪《はやりかぜ》が伝染《うつ》って命を落としました。あの時市中はいつもの年とは違う、ひどく質《たち》の悪い流行風邪に見舞われてばたばたと人が亡くなりました。そんな時でも側室が産んだ影守は元気そのものでした。それを聞いた森山の妻女澪《みお》はお産の直後だというのに、人目を忍んでこのわたくしに会いに来ました。わたくしは森山主水が訪ねてきたのだとばかり思いました。髷の様子も着ているものも常の森山主水にほかならなかったからです。しかし、それは夫と子を失ったばかりの澪だったのです」

「森山主水様が女子になったというのは、澪様が森山様に化けて職を務め続けたということですね」

「そうです。森山と妻女澪は従兄妹《いとこ》同士でした。森山家は瑠璃の酒井家と並ぶ名家でしたが、森山は先妻を亡くして以来、子無きまま独り身を続けていて、跡継ぎのために年の離れた従妹《いとこ》の澪と夫婦《めおと》になったのです。従兄妹同士とあって、二人は四角い顔形だけではなく、小柄ながらがっしりした身体つきも似ていました。それであの夜、夫に似せて島田を潰《つぶ》して髪を切って髷を結い、森山の小袖や袴《はかま》を着けた澪が森山に見えました。澪の願いはただ一つ、亡くなった我が子と同日に生まれた影守を生涯の光とみなし、森山主水として鷲尾の家を栄えさせたいというものでした。主家のためにと忠義を尽くしてきて、病に斃《たお》れた夫も同じ思いだろうとも涙ながらに話していました。そのためには妻と子がお産で死んだことにして、自分は森山主水として生きて、同日に生まれて我が子同然のように思えてならない、影守様に誠心誠意お仕えしたいと――。この話にわたくしも涙を誘われました。それで決して周囲に別人だと気づかれぬようにと念を押して、澪の願い出を許したのです」

「森山様とは何度もお目にかかっておりますが、全く気づきませんでした」

「若かった澪は髷や生え際に石灰を塗りつけ、何枚も腹巻きを重ね、必死に森山を演じました。そのうち、年齢が行って石灰や腹巻きは不要になりました。本物の主水も寡黙でしたので、言葉が極端に少ない澪の主水は怪しまれず、ましてや女だと疑われることもありませんでした。けれども、今考えれば、澪のあの時の願いを叶えてしまったのは、誤った判断だったと悔いています。影守があのように我《わ》が儘《まま》に育ってしまったのは、澪である森山主水が側室のお晴《はる》の方と張り合うかのように溺愛した挙げ句のことだと思われるからです。悪鬼と化した影守は、そなたと瑠璃が犠牲になった鷲尾の家の中だけの悪行に止まらず、市中へと毒牙《どくが》を剝《む》いて拐《かどわ》かしや人殺しをしていったのですから。このままではいずれ、御公儀の耳に入り鷲尾家は廃絶になりかねない事態でした。亡き殿が罰を与えて、差し違えるほかなくなりました。わたくしは澪である主水とて、影守のあのような最期を予期し覚悟していたはずだと思っていました。鷲尾の家名存続のためにはもう、あれしかなかったのです。そして、澪である主水は出家という体裁で鷲尾家を出て、影守の悪を引き継いだかのような深い深い闇に身を沈めてしまいました。影守同様澪も、もう、どうにもならない――そう、思い詰めていた矢先にこれが届きました」

そこで言葉を切った瑞千院は、墨衣《すみごろも》の片袖から巻文を取り出して季蔵に渡した。文には以下のようにあった。


長きに渉《わた》りご無沙汰《ぶさた》しておりました。澪でございます。

影親様、影守様同時御逝去の折には、大恩ある奥方様にご挨拶もいたさず鷲尾家を去った段をまず、お詫《わ》び申し上げます。

けれども、この森山主水、多くの者たちが決めつけているような意図で、故影守様のなさりようを引き継いで御定法を犯し続けるべく、市中の闇社会の支配に関わってきたわけではありません。

また、瑠璃殿の御尊父酒井三郎右衛門様が一死を以《もっ》て許しを乞《こ》われた、堀田季之助《としのすけ》の不始末と出奔の一件にわたくしは全く関わっておりませんでした。そのようにお耳にされているとしたらそれは誤解です。

とはいえ、わたくしがそれを止めたかと言われればそうではありませんでした。影守様は長じるに従って、常人ではおよそ理解し難い悪癖に取り憑かれてしまわれていたのです。残念ながら赤子の頃から成長を見守ってきたわたくしの言うことすらお聞き入れにならず、少しでもお諌《いさ》め申しあげれば、〝ならば主水、腹でも切ってみるか？　おま

え の腹など何度切っても俺は動じない、何一つ変わらぬぞ〟などと申されて高笑いする有様でした。

　あの時の殿影親様の我が身を捨ててのご決断は正しいものだったと思っております。ですので、わたくしが鷲尾家を辞したのは、影守様の供養のために悪行を継承しようがためでは決してありません。影守様を窮地に追い込んだ大きな一因である堀田季之助の成敗のためでも、瑠璃殿を連れ戻して髪を下ろさせるためでもありません。瑞千院様は薄々気づいておいでしたでしょうが、影守様の御乱行の尻拭《しりぬぐ》いには大枚《たいまい》がかかり続けていて、さしもの長崎奉行を務めた殿も頭を痛めておいでだったのです。そもそもどこのどんな旗本家も今は窮しているのです。多少蓄えのあった鷲尾の家とて影守様のなさりようで例外ではなくなりました。

　わたくしはこのような時こそ、家中ではなく外に居て鷲尾家のためになりたいと思ったのです。家中に居てはできないことをしたいとも思いました。そこで、仏門に入るふりをして、以前から知り得ていた闇社会を動かそうとしました。どうやってそれができるようになったかの事情はどうかご勘弁ください。御家《おいえ》に迷惑がかかってはなりませんから。ここは影守様のなさりようを真似《まね》てとだけお伝えしておきます。

　そんな折、瑠璃殿の兄上酒井重蔵様よりお呼び出しがあり、〝影親様、影守様親子の死に疑念を持たれ、ご公儀に不祥事と見做《みな》されないために隠蔽《いんぺい》を余儀なくされ、これにも大枚がかかり、影守様の作った借金の上にまた借金が嵩《かさ》みに嵩んでしまっている。もう、これ以上、返済を待ってはもらえないので、仕方なく只《ただ》でさえ薄い家臣たちの禄をじりじりと減らして行っているのだが、このままではいずれ家臣たちの不平不満が募り、思い余った者がご公儀に訴えるやもしれぬ。そうなれば、家を治める力を持たない主として、鷲尾家廃絶の危機が訪れる。何とか家臣たちを宥《なだ》める妙案はないか？〟というお話でした。

ここで季蔵は文から顔を上げて、

「澪様はあなた様に許されて、森山主水様となった時からの初心を貫いておられたのですね。少しの邪心もお持ちでなかった——」

清々しい感動で胸が震えた。

「そうだとわかりました。でも、澪のあのような決心と行いは、わたくしにはたまりません」

瑞千院は目を瞬《まばた》かせ、季蔵は文の先を読んだ。

この時わたくしは〝どうか、お任せください、闇社会に汚れた身なればこそ出来る忠義を果たしてみせます〟と申し上げ、まずは亡くなったとされているものの実は生きている、瑠璃殿と堀田季之助殿の罪を追及するべく、探索を始めたと家臣たちに伝えるようにと申し上げました。〝金の力がものを言うこんなご時世だからこそ、武家の掟《おきて》にも通じる武士の道は断固、守り通すべきだ〃と強くように と――。そうすればしばらくは家臣たちの関心事は不忠義者の二人への熱い憤怒となり、家族から聞かされる日々の厨事情は耳に入らず、二の次になるだろうと――。

そうです。影守様の理不尽な横恋慕に翻弄《ほんろう》されたあの季之助に、悪者になってもらうことにしたのです。酒井様は妹の瑠璃殿が季之助殿と共に市井で生きているかもしれないことはご存じでした。それゆえ、御躊躇はなさりましたが、最後はわたくしの言に耳を傾けていただけたのです。

こうして季之助殿と瑠璃殿は追われる身となったのです。もっとも酒井様には市井のそういう稼業の者に頼んだと出任せを言っていただき、家臣たちに手出しは無用、と探すことを禁じていただきました。

このわたくしと配下の者たちが市中で見つけた堀田季之助殿を、始末するのです。わたくしたちはたびたび堀田季之助殿を殺し損ねねばなりません。なぜなら、あることを成就させなくてはならないからです。あることが成就するまでは季之助殿に何度も怖い思いをしてもらわなければなりませんが、その都度酒井様にお報《しら》せするつもりです。家臣たちに殺し屋が動いていると信じ込ませねばなりませんから。

ただし、少しばかり気になることがございます。闇で生き抜き力を得るためにわたくしは香具師《やし》の元締めである、島屋三右衛門と手を組んできました。その島屋に不審な動きがあるのです。島屋はもう充分富裕だというのに、さらなる商いの道を貪欲《どんよく》に突き進何人かの役人の名を挙げて、元鷲尾家家臣のわたくしとは所詮《しょせん》、水と油なのです。何人かの役人の名を挙げて、元鷲尾家家臣のわたくしに仲介してほしい、力を借りたいと何度も言ってきていましたが断りました。闇に汚れるのは自分一人でいいと思っていたからです。もちろん、言うまでもなく、鷲尾の家に迷惑はかけられません。

とはいえ、断られて黙っている島屋ではありません。わたくしの断りは持ちつ持たれつで成り立つ、闇の掟にも反します。それでこのところ、自ら堀田季之助を尾行ているわたくしの後を、何者かが尾行てきているようなのです。

おそらく、島屋の手の者でしょう。わたくしは遅かれ早かれ命を落とすことになるやもしれないとわかりました。当初は死なないつもりでしたが、おそらく配下の者達の裏切りにあうのでしょう。

所詮わたくしが束ねてきたのは有象無象の信義無き輩《やから》です。骸になり果てたわたくしをどのように扱うか、知れたものではありません。骸が海の藻屑《もくず》となったとしても致し方ありませんし、わたくしは目に見える姿や物よりも、目に見えない心の有り様の尊さを大切にしてきたので一向に無念とは思いません。かえって何もかも消えてなくなってしまった方が、女であったこともわからずよいような気さえします。

以上でございます。心残りがあるとしたら、わたくし亡き後、膳立てした計画が順調に進んで、鷲尾家に多少のゆとりがもたらされるのを見届けられないことです。これを機に季之助、瑠璃殿の詮索《せんさく》はあって無きがごとく、今まで通りの死んだものに戻ります。

そうなってこそ、わたくしが森山主水として生きることを許してくださった、瑞千院様のお気持ちに報いることができるのですから。

どうか、酒井様ともどもよろしくお見届けくださいますよう。

瑞千院様　　　　　　　　　　　　　　　　　　　澪

読み終えた季蔵に、

「気になって探したのですが、澪は何日も前から忽然《こつぜん》とこの市中から姿を消していたのです。骸が見つかったという話もなく、それで思い余って千里眼、地獄耳の烏谷殿に文をしたためたのですよ。これだけの忠義の武士が海の藻屑になり果てるなどあまりに酷《ひど》すぎましょう？　骸といえど見つけ出して、無理を通してでも亡き夫森山主水の菩提寺で一緒にさせてやりたいと思っているのです」

瑞千院は切なくてならない表情で頰《ほお》を濡《ぬ》らした。そして、

「ああ、それから、澪はことさら皐月《さつき》の節供《せちく》菓子、かしわ餅やちまきが腹持ちがいいと言って好きでした。作るのも得手だったそうで、〝皐月の節供はどこでも祝われるものでしょう？　世の中は広いのですから、この江戸に伝わっているものばかりではなく、当地当地に様々な似て非なるものがあるのではと思います。澪のままでしたら是非とも、味わってみたいですね〟などと洩《も》らしていました。ですから、供養にはこの手の菓子を供えてや

りたいものです。そなたに頼んでよろしいか?」

季蔵の方を向いた。

「もちろんです。瑞千院様がお好きなうこぎの里でもある、羽州の菓子をお作りいたします」

応えた季蔵は質実剛健を菓子にしたような、この素朴で腹持ち、日持ちのする菓子を、武士菓子と呼んでみたくなった。女人の身ながら、森山主水として主家を思う志を貫いた、澪にこそふさわしいと思わずにはいられなかったからである。

第五話　神宮虹菓子《じんぐうにじがし》

一

――これほどまでに瑞千院《ずいせんいん》様が澪《みお》様に思いがおありならば、申し上げておいた方がよいだろう――

季蔵《としぞう》は辞する前に、

「澪様のお人柄ゆえでございましょうか。見つかった骸《むくろ》は海の藻屑《もくず》にされず、打ち捨てられてもおらず、旅立ちのように座して見つかりました。背に腹は替えられず、島屋《しまや》三右衛《さんえ》門《もん》に寝返っていたはずだという有象無象の中にも、良心の片鱗《へんりん》を宿す者がいたのでしょう」

不動明王《ふどうみようおう》に手を合わせ続けている、瑞千院の背に向けて言った。瑞千院は応《こた》えずに瞑目《めいもく》している。

――不動明王を亡き影親《かげちか》様もこのように祀《まつ》っておられた――

季蔵はしばし不動明王のこの上なく恐ろしい表情に見入った。

不動明王は悪を絶ち、仏道に導くことで、人々を救済する役目を担っているゆえに、これ以上はあり得ないほどの憤怒を露《あら》わにしているのであった。

するとと瑞千院は、

「亡き殿はこの不動明王に導かれてあのように影守《かげもり》殿の始末をつけたのだと思っています。不動明王は影守自身ではなくその身が犯した罪を憎み、生きることに迷い続けて罪を重ねる影守の煩悩を断ちきるべく、殿と対峙《たいじ》させたのでしょう。不動明王は真の慈悲を深く極めた御仏《みほとけ》なのです。澪もきっと不動明王の御加護を受けていたことと思います」

静かに呟《つぶや》いた。

瑞千院の慈照寺《じしょうじ》を出て塩梅屋《あんばいや》に帰り着いた季蔵は烏谷《からすだに》に向けて、まずは材木の下敷きになって圧死したのが、澪が演じている森山主水《もりやまもんど》にほかならなかった事実を伝えた。

そして以下の問題を指摘した。

澪様が文《ふみ》の中で濁していることが幾つかあり、気にかかっております。

島屋三右衛門と澪様が協力していたことは事実と思われますが、島屋の誘いには乗っていないと澪様は明言されています。これは澪様殺しが島屋との主権争いではないということなのでしょうか？

しかし、どんな誘いであったかは何も書かれていません。

また、文の終わり近くに以下のようにありました。

膳立《ぜんだ》てした計画が順調に進んで、鷲尾《わしお》家に多少のゆとりがもたらされるのを見届けられないことです。これを機に季之助《としのすけ》、瑠璃《るり》殿の詮索《せんさく》はあって無きがごとく、今まで通りの死んだものに戻ります。

鷲尾家の内証を潤わすべく、澪様が企てたこととはいったい何なのでしょうか？

〝これを機に季之助、瑠璃殿の詮索はあって無きがごとく――〟と続いていますが、大変気がかりです。

一方、澪様を殺させた鳥屋もまた、殺されているのです。

お奉行様にお心当たりはありませんか？

地獄耳を超え、時に人離れして、壁の耳にもなれる変幻自在のあなた様です。とっくにご存じなのでは？

ご存じでしたらどうか、お明かしください。

季蔵

お奉行様

この文を送った季蔵は自分の投げかけた問いに対して当然、烏谷から何らかの応えがあるはずだと期待していたが、実際に先方から届いたのは以下の文だった。

そちは料理人だというのに、わしの頼み事にまだ応えてはおらぬぞ。

羽州《うしゅう》の豪商の一行を迎えるにあたり、お伊勢《いせ》参り御膳《ごぜん》の他に以下の料理を考えるように申しつけてあるが、まだ、何の音沙汰《おとさた》もない。
・羽州の旨《うま》い料理膳
・お伊勢参り御膳に添える、東海道《とうかいどう》の名物料理のとろろ汁や安倍川餅《あべかわもち》等に負けない、これぞというそち一流の料理と菓子。
日は迫っておる。まずは品書きなりとも知らせよ。

烏谷　椋十郎《りようじゆうろう》

季蔵殿

何一つ、季蔵が案じていることへの応えは書かれていなかった。

——相変わらず食えないお方だ——

腹立ちを超えて季蔵は呆《あき》れ、すでに書き出してあった羽州の料理膳と、土産《みやげ》につける菓子二種を書いて送った。

返事は即刻届いた。ただし、苦情に近い。

上杉鷹山《うえすぎようざん》公ゆかりのうこぎ話はよいが、何とも菓子に至るまで地味なものだと正直、落胆した。もっとも、武士菓子というのは、うがった良き命名だ。でも、まあ、ご当地の料理とあらば致し方なかろう。こちらの心配りのほどを食していただくこととしよう。

　宴席は二日続ける。

　一日目はお伊勢参り御膳で二日目が羽州料理膳としてある。ただし故郷料理だとは伝えていない。心配りに大いに感動してもらいたいからだ。ともあれ、まずはお伊勢参り御膳を絶賛させなくては——。

　聞いた話によれば羽州においても件《くだん》の豪商の一族には、毎年、江戸を訪れる者も多く、料亭という料亭を廻《まわ》り尽くし、かなりの舌の持ち主もいるという話だ。北前船《きたまえぶね》が酒田《さかた》や鶴岡《つるおか》に立ち寄るとあればさもあらんということだ。

　お伊勢参りを思い立った娘も一族の一人ゆえ、よくよく話に聞いているであろうし、この一行、お伊勢参りをした後、京に行くというから、京料理も堪能《たんのう》することと思われる。京料理に江戸料理が負けては名折れであろう。

　となるとまずは一日目のお伊勢参り御膳が要《かなめ》だ。ここで故郷《くに》に帰った後の土産話の筆頭が出来上がらなくては——。

　となると、ただのお伊勢参り御膳だけではない、これに添える、そちの料理と菓子に期待したい。

烏谷椋十郎

季蔵殿

──伊勢へと通じる東海道各宿場の名物をひねった料理や菓子のことは、これを大きな商いにしようとしていた島屋三右衛門が殺されたことだし無用とおっしゃっていたのに。お奉行がまだこれに拘《こだわ》るのは羽州の豪商一族への見栄《みえ》なのだろうか？　何ともわからない話だ──

季蔵は考えあぐねて三吉《さんきち》に相談した。

「東海道筋の名物をひねったものを拵《こしら》えろと言われても困る」

「それって、こうだと思うよ」

意外にも三吉は東海道筋の名物に長じていた。

「地獄耳のお奉行様や元噺家《はなしか》の長崎屋《ながさきや》の五平旦那《ごへいだんな》なら知ってるだろうけど、このところ、昼間の湯屋《ゆや》の二階を、〝東海道中美味《うま》いもの噺〟って題目で廻ってるのがいるんだよ。人気なんだって──」

「どんな奴《やつ》なんだ？」

「噺家崩れって言われてるけどよくわかんないみたいだよ」

「男だろうな？」

思わず季蔵は念を押した。

「そりゃ、そうでしょ。湯屋の二階は御隠居さんとか、男たちの溜《た》まり場なんだから」

「なるほど」

澪様が森山主水に化けていた例は稀《まれ》なのだ。

「それよか、季蔵さん、お伊勢さんまでの東海道中名物料理やお菓子、どんだけ知ってる？」

季蔵は痛いところを突かれた。頭に浮かんだのは、おしんが拵えて売っていた伊勢近くの宮川《みやがわ》のへんば餅だけであった。

「おいら、料理と菓子と合わせて二十は言えるよ。えーとね」

三吉はすらすらと宿場名に次いで名物を空で言った。

「凄《すご》いじゃないか」

「長屋にいる一人暮らしのお爺《じい》さんが〝東海道中美味いもの噺〟にもう夢中で、念仏みたいに唱えてて、これでもかこれでもかって、聞かせてくれるんだよ。おいら、食いしん坊なもんだから、噺の筋はちっとも覚えられなかったんだけど、噺に出てくる美味いものだけは覚えちゃったってわけ」

「もう一度言ってくれ、書き留める」

季蔵はそばにあった硯《すずり》と紙を引き寄せて筆をとった。三吉の言うままに書いた後、料理と菓子に分けてみた。

料理　品川《しながわ》の穴子丼《あなごどんぶり》　藤沢《ふじさわ》の江《え》の島煮《しまに》　大磯《おおいそ》のあんこう鍋《なべ》　三島《みしま》のかまぼこ　原《はら》の鰻《うなぎ》の蒲焼《かばやき》　由比《ゆい》のさざえの壺焼《つぼや》き　丸子《まりこ》のとろろ汁　金谷《かなや》の菜飯田楽《なめしでんがく》　袋井《ふくろい》、浜松《はままつ》、舞坂《まいさか》、新居《あらい》、宮《みや》は鰻の蒲焼　桑名《くわな》の蛤《はまぐり》のしぐれ煮　石薬師《いしやくし》の鰻の蒲焼。

菓子　保土ケ谷《ほどや》のぼたん餅　小田原《おだわら》のういろう　江尻《えじり》の追分羊羹《おいわけようかん》　府中《ふちゅう》の安倍川餅　岡部《おかべ》の十団子　日坂《にっさか》のわらび餅　掛川《かけがわ》の白酒　白須賀《しらすか》の柏餅《かしわもち》　吉田《よしだ》のうたて兎餅《うさぎもち》　御油《ごゆ》の甘酒　四日市《よっかいち》の日永餅《ひながもち》。

「たいした数だな」

感心する季蔵に、

「どんなもんなのか、わかんないのがあったらおいらに訊《き》いてね。そのお爺さんときたら、〝東海道中美味いもの噺〟の達人でさ、やたらくわしいんだよ。おいら、耳にたこができるくらい聞かされてるから」

三吉は胸を叩《たた》いて見せた。

二

「江の島煮って、アワビのわた（肝《きも》）をよくあたってとった出汁《だし》の効いた濃い味噌汁で、薄くそぎ切りにしたアワビの肉を煮るんだってぇのは知ってるよね」

ほんのり顔を上気させている三吉は説明がしたくて仕様がない様子である。

「この江戸では江の島詣《もう》でをする人たちも多いからね」

江の島には長きに渉《わた》る波の浸食で出来た〝岩屋〟と呼ばれる洞窟があり、弘法大師《こうぼうだいし》が訪れた時に弁財天《べんざいてん》が姿を現したとされる信仰の場がある。江戸からも近く、風光明媚《めいび》な場所でもあり、相模《さがみ》の大山詣《おおやまもう》での帰りに立ち寄ることもあった。

「料理の方はおよそ見当がつくが、菓子の方は岡部の十団子、吉田のうたて兎餅、四日市の日永餅について教えてくれ」

季蔵は三吉のうれしそうな顔も見たかった。

「それじゃ、まずは岡部の十団子についてね」

三吉は講釈師よろしく話し始めた。

昔々、今は岡部と言われている土地にございました、ある寺の住職が痛みを伴う腫物《はれもの》を患いました。痛みに我慢できずに小僧に血膿《ちうみ》を吸い出してもらうと痛みが止まりました。ところが、小僧の方はといいますと、血膿の旨さに取り憑《つ》かれてしまい、ついには人の肉をもとめて宇津《うつ》ノ谷峠《やとうげ》に住み、旅ゆく人たちを襲う鬼になってしまいました。人々は恐れて近づかなくなり、宿場がさびれ果てた頃《ころ》、京の都から東国へ向かう天子様の御使者がここを通りかかり、地蔵菩薩《ぼさつ》に人食い鬼退治を祈願すると地蔵菩薩は旅の僧となってどこかへ行ってしまいました。

それからしばらくして、その旅の僧がこの恐ろしい峠にさしかかると、可愛《かわい》い子どもが現れましてな。すぐに僧はその子が人食い鬼であると見破った。見破られて本性を現した人食い鬼は大鬼になって一飲みにするふりをしたりして僧を脅して喜んでいたのです。

人食い鬼はさまざまなものに化けることができるのだと見破った僧は、人食い鬼の化けっぷりに感心するふりをして、〝思い切り小さくなってわしの掌《てのひら》に乗ることができるか〟と挑発。

すぐさま鬼は得々として一粒の小さい玉となり、僧の掌に乗ったところ、僧は持っていた杖《つえ》をその玉に当てた。と、そのとたん、俄《にわ》かに空が曇り百雷の落下音と共に、玉は砕けて十個の粒となってしまいました。

すると、僧は〝お前が将来里人を困らせることがないように迷いから救ってやろう〟と十個の粒を一口に飲みこんでしまったのです。

こうして人食い鬼は退治されたのです。人々は旅の僧は地蔵菩薩の化身であったとして参詣《さんけい》する一方、十の団子に割れた鬼の祟《たた》りを案じ、玉の形にした十個の小さい団子を連ねて輪に作って供養したとも、地蔵菩薩が夢の中のお告げで、〝十団子を作ってわしに供え、固く信心してこれを食べれば旅も安全。願い事もうまくはかどる〟とおっしゃったからとも言われております。お粗末さまでした。

「なるほど十団子は旅人が魔除《まよ》け、厄除けも兼ねて食べるというわけだな。味の方は?」

「白くて甘いういろうに似た味だって。おいらだったら、白いままじゃ見た目も味もつまんない。緑は抹茶、赤は桜、黄色は梔子《くちなし》、茶色は肉桂《にっけい》、黒は胡麻《ごま》なんていう具合に、五色にしちゃうんだけどな」

「しかし、白一色の糯米《もちごめ》だけの風味だからこそ、この有り難い昔話が生きて、旅行く人たちの腹の足しにも心の支えにもなるのだろう」

「あ、そっかあ」

――これで十団子を捻《ひね》った菓子は作れないとわかった――

「次は吉田のうたて兎餅を頼む」

「これは唄《うた》で始まるんだよ。吉田通れば　二階から招く　しかも鹿《か》の子《こ》の振袖《ふりそで》でええ――」

――これはたしか、あの滝沢馬琴《たきざわばきん》も〝ことごとく伊勢なまりなり〟と書いている、宿場女郎の唄だ。三吉には早すぎる――

慌てた季蔵は、

「もうそれはいいから、うたて兎餅の話をしてくれ」

「吉田ってとこには吉田城があるんだけど、これは元は戦国の世に牧野《まきの》っていうお殿様が造った今橋《いまはし》城なんだ。これを駿河《するが》の今川《いまがわ》、甲斐《かい》の武田《たけだ》、三河《みかわ》の徳川《とくがわ》が奪い合ったんだって。その後は、池田輝政《いけだてるまさ》様なんかのお城になってる。城の近くには豊川《とよがわ》っていう大きな川が流れていて、さまざまな物を運ぶ船が行き来してる。吉田には城があるだけじゃなしに立派な湊《みなと》もあるんだって」

「吉田の話はそのくらいにして早くうたて兎餅に入ってほしい」

「まあまあ、そう慌てないで。城や湊のほかに知られているのが豊川稲荷《とよかわいなり》とうたり神社。豊川稲荷の方は、あの大岡越前守《おおおかえちぜんのかみ》様が自分の屋敷にもこの稲荷を祀ったっていうんだから凄いよね。うたりっていうのは兎の足って意味なんだよ。うたり神社の花火を打ち上げる風祭りは、えーとえーとなんて言ったかなそうそう、『今昔物語《こんじゃく》』にも出てくる由緒ある祭だってさ」

「うたり餅はうたり神社で作られたのが始まりか?」

「そこんとこは知らないけど、お役人で狂歌の上手《うま》かった大田蜀山人《おおたしよくさんじん》っていう人が、〝耳長う 聞き伝え来し兎餅 月もよいからあがれ名物〟と詠《よ》んで、有名になったらしいよ。この狂歌は、兎餅(つき)の〝つき〟と〝月〟、月が〝あがる〟と召し〝あがれ〟をかけあわせて、餅のつきが良いので旨い、皆、兎餅を食べようって勧めてるんだって」

ちなみに狂歌とは滑稽《こっけい》を主に盛り込んだ軽めの短歌である。

「肝心な味の説明は?」

「こし餡《あん》をくるんだ羽二重餅《はぶたえもち》が何ともいえない柔らかさだって」

羽二重餅は餅粉を蒸し、砂糖・水飴《みずあめ》を加えて練り上げたもので、羽二重織にも似て非常に食感が柔らかい。

「おいらだったら、焼きごてを二種類使い分けて、満月と兎を兎餅の上に描くよ。満月の方はうっすら焼いて、そこに遊ぶ小さな小さな兎の影はくっきり、しっかり焼き印をつけるんだ」

はしゃぐ三吉に、

「有名な大田蜀山人の狂歌なら、わたしも幾つか知っている。その蜀山人が兎餅について、餅のつき具合をこれほど讃《たた》えている以上、焼き印は邪道だと誹《そし》られそうだぞ」

季蔵は首を傾《かし》げた。

「これも駄目なのかあ」

ぼやく三吉を、

「まだ、四日市の日永餅があるぞ」

季蔵は励ました。

「戦国の世、勢州《せいしゅう》日永の里で日永餅は生まれ、やがて街道を賑《にぎ》わすほどになったんだそうだよ。出世して三十六万石の太守になった藤堂高虎《とうどうたかとら》っていう殿様も足軽《あしがる》の頃、この日永餅を褒《ほ》めちぎったんだって。〝武運のながき餅を食うは幸先よし〟と大いに喜ばれたんだとか。以来日永餅はなが餅とも言われるようになったみたいだよ」

三吉の説明は意外に薄かった。

「なが餅というからには形が細長いのか？」

「先の丸い小さな物差しみたいな形だって」

「餡は入っているのか？」

「うん。小豆餡《あずきあん》が入っていて、それを白い搗《つ》き餅で包んで平たく伸ばして両面を香ばしく焼き上げるんだそうだよ」

「それだけ？」

「うん。それだけ」

三吉は後ろめたそうに呟いた。

「これは全部、おまえの住む長屋のお爺さんが惚《ほ》れ込んでいる、〝東海道中美味いもの噺〟で聞いてきた話なのだろう？」

「ん、そう」

三吉の声はさらに低くなった。

「何か変？」

――十団子の人食い鬼の話は昔話で、うたり兎餅は吉田の名所旧跡と大田蜀山人の狂歌、日永餅は謂《いわ》れと様子のみ。ここぞという面白さがないし、てんでんばらばらな聞かせ方だ。三吉に聞かせていたのがお爺さんだから、物忘れなどあって、こんなものなのだろう――

「いや、おまえのおかげで、東海道の名物菓子の話がたっぷりと聞けた。それで、まずは料理の方から攻めてみたいと思っている」

三吉をがっかりさせたくなかった季蔵は道中の料理に目を凝らした。

「品川の穴子丼　藤沢の江の島煮、に始まって原の鰻の蒲焼　金谷の菜飯田楽　袋井、浜松、舞坂、新居、宮、石薬師の鰻の蒲焼。鰻の蒲焼が多いな」

呟いてみてから、

「この中でおまえは何が好きだ？」

三吉に訊いた。

「そりゃあ、鰻の蒲焼に決まってる」

「次は？」

「穴子丼は鰻丼ほど贅沢《ぜいたく》にこっくりと美味くないし、江の島煮は苦い。あんこう鍋は鮟鱇《あんこう》の顔が怖いし、さざえの壺焼きは青い肝がちょっと――。かまぼこや菜飯田楽、蛤のしぐれ煮はすごーく食べたいってもんじゃない」

「残ったのは丸子のとろろ汁だな」

季蔵が言い当てると、

「丸子のとろろ汁、東海道の旅に出て、寄って食べてきた人たちがみんなして美味い、美味いって言ってる。おいらも食べてみたいよお」

三吉はごくりと生唾《なまつば》を呑《の》んだ。

三

「それでは丸子のとろろ汁についての〝東海道中美味いもの噺〟もひとくさり頼む」

季蔵はまた、三吉に話を促した。

「長屋のお爺さんが言うには、〝東海道中美味いもの噺〟のうち、丸子のとろろ汁だけは名調子から始まるんだって。おいらもしっかり覚えた。〝さあさあ、皆さん、お立会い、次はお待ちかねの丸子のとろろですよ。丸い子と書いて可愛らしくまりこと読むんです〟っていう始まりなんだ」

――何だ、下手な大道芸人みたいじゃないか？――

季蔵は名調子だとは思わなかったが黙っていた。

「丸子宿は東海道で最も小さな宿場町だったんだけど、精がつくと旅人たちにたいそう人気がある、名物とろろ汁でめきめきとその名を上げてきてるんだそう。芭蕉《ばしょう》（松尾《まつお》芭蕉）

の句に——梅若菜丸子の宿のとろろ汁——の一句もあるし、『東海道中膝栗毛《とうかいどうちゅうひざくりげ》』の中で、弥次《やじ》さん喜多《きた》さんが店主の夫婦喧嘩《げんか》に巻き込まれた挙げ句、とろろ汁を食べ損ねるという話まであるくらいだってさ」

「旨さの元は何なんだ？」

「一枚看板は丸子ならではの自然薯《じねんじょ》だって。自然薯は山芋の一種なんだけど、生える土地によって良し悪《あ》しがあるんだとか——。次に続くのがやはり御当地自慢の豆を使った白味《しろみ》噌《そ》、焼津《やいづ》で丁寧に作られる鰹節《かつおぶし》でとった出汁、御当地自慢の卵。これだけ選《え》りすぐったとろろ汁なら美味いに決まってるって、たいそうな褒めっぷりだってさ」

「なるほど」

大きく頷《うなず》いた季蔵は、

「よしっ、お伊勢参り御膳に添える東海道の旨い料理は、このとろろ汁と蒲焼丼を合わせたものにしよう」

威勢よく切り出した。

「わっ、出た。旨いもんと旨いもんの掛けあわせ。鰻《うな》とろ丼だあっ」

三吉が歓声を上げた。

「決め手は鰻かな、それともとろろ汁の自然薯かな？」

「どっちもだろう」

「けど、おいら、長屋のお爺さんの受け売りの説明じゃ、自然薯の良し悪しってわかんないんだけど」

やや不安そうに首を傾げる三吉に、

「自然薯は大きくて太くて長い物が良い物だと思うか？」

季蔵は問いかけてみた。

「大きく育っているんだから、その方がいいんじゃない？」

「ところが、自然薯は細く小さいものが粘りと風味が強いんだ。大きくなると水っぽくなって、独特の風味や粘りが薄くなってしまう。なので太くないもの、程よい大きさのものを選ばなくてはならない。丸子にはきっと良い自然薯に適した土地があるんだろうな」

「まさか、丸子から自然薯を取り寄せるなんてことするんじゃ？」

「幾ら何でもそいつは無理だ。氷川《ひかわ》村辺り（奥多摩《おくたま》）の山中から冬場の鶉《うずら》や鴨《かも》だけではなく、今時の山菜や自然薯も採って売りに出て来ている猟師を知っている。山中の自然薯なら間違いないだろう」

こうして、自然薯を調達することが出来て、翌々日、季蔵は三吉と共に鰻とろ丼を作ることとなった。

季蔵はくねくねと曲がった太目の枝のように見える自然薯のひげ根を炙《あぶ》って焼き、燃え滓《かす》を水で流してから水気を切っておろしていく。

「えっ？　自然薯の皮剝《む》かないの？」

「皮と中身の間に独特の風味があるんだ。だから皮は剝かないで擂《す》る」

「後は白味噌と出汁、卵だよね」

三吉がこれらを揃《そろ》えようとすると、

「少量の出汁だけにするか、卵だけにするか――ここが悩ましい」

季蔵は腕組みをした。

「あれっ、白味噌、出汁、卵、全部入れるんじゃないの？」

「それだととろろ汁になる。ここに鰻と飯を合わせるには、出汁の量は加減して、白味噌は風味程度にした方が、いや、なくてもいいかもしれない。卵は出汁と合わせるなら要らないな」

「おいら、卵、入れた方がいいと思う。ふんわりしてるし、コクやまろやかさもあるし。鰻と錦糸卵を合わせる飯物だってあるじゃない？」

「だが、その飯物にはとろろは入ってないだろう？　とろろ汁で卵を入れるのはとろとろっと胃の腑《ふ》に流し込んだ後、あんまりさっぱりしていると後口が何とも、物足りないからだと思う。鰻が大将の鰻とろ丼で卵まで入れると、せっかくの自然薯の風味が生きない」

言い切った季蔵は早速三吉に飯炊きを命じると、生きたままもとめてあった鰻を捌《さば》きはじめた。

鰻の捌き方には関東風と上方風がある。関東風では鰻を背開きにし、素焼きをした後、蒸して余分な脂を落としてから、甘辛タレを付けて蒲焼きにする。蒸すことにより、仕上がりが柔らかくなり、脂が落ちてさっぱりと仕上がる。

上方風では、背開きではなく腹開きにする。素焼きや蒸しを行わないので、脂の焼けた匂《にお》いが格別だとされている。

「お江戸は上様のおられる武士の町だから、腹を切る腹開きじゃなく、背開きなのかな？」

三吉に訊かれた。

「それはどうだろう。鰻以外の魚はたいてい腹開きだろう？　腹開きは蒸しに不都合だからだと思う。腹開きにすると蒸しの時、外側の身が割れて串《くし》から外れてしまいがちだ。焼き上がりを綺麗《きれい》にするためには、外側が厚くなる背開きがふさわしい。それと、食べて旨いほどに育った鰻は背ビレが硬い。背開きなら、その背ビレを取り除くことができる。背開きには技が要るし、手間もかかる。けれど、口当たり、匂い、見た目、各々の粋《すい》に拘るのは、江戸っ子らしい心意気というものだろうな」

「京の料理とか、お菓子とか、上方って無茶苦茶、美味しくて典雅なものに拘ってるじゃない？　意地があるのはわかるけど、誰だって、旨いもん食いには背に腹は替えられないでしょ。あ、これ、背開きと腹開きのことかも――」

こうして話している間も季蔵は手を休めずに背開きした鰻を、素焼き、蒸し、タレに漬けては焼きと蒲焼きに拵えていく。

「季蔵さん、鰻屋の職人みたい」

「まあ、多少、鰻屋で修業をさせてもらったからな」

「それ初耳」

「とっつぁんに勧められた。江戸の蒲焼きは天下一でたいそうな人気だから、料理人たるもの、鰻の捌き方や蒲焼きは習っておいた方がいいと言われて。一月《ひとつき》ばかり、とっつぁんの知り合いの鰻屋に預けられた」

「お、おいらは嫌だよ。鰻は旨いけど捌くのは勘弁、勘弁。おっとうがたまに川から鰻を釣ってくることあるんだけど、おっかあに頼まれて、おいら、もう大変。頭を落としてもあちこち、血を飛ばしながら大暴れするし、盥《たらい》の水に漬けても、頭の無いまま暴れ続けてなかなか動かなくなんない。鰻って姿は蛇みたいじゃない？　おいら蛇って奴《やつ》、大嫌いなんだ。それもあって、そのうち、おいら、こいつに恨まれる、呪《のろ》われるんじゃないかって、ぞーっとしてきて、気分、すごーく悪くなっちゃう。それでもやっぱり蒲焼きにすると旨い。だから何とかやるけど、おいら鰻は食べるだけにしたいよ」

鰻との格闘を思い出した三吉の顔は青ざめている。

「さっきのを見てただろう。鰻は俎板《まないた》にのせてしっかりと押さえ、頭に目打ちを刺して捌くのだ。今まで鰻屋で捌くところを見たことがなかったのか？」

季蔵は苦笑したが、

「ん、だって、生きてる鰻、おいら怖いもん」

三吉はまだ青い顔のままである。

「食ってばかりいないでそのくらい覚えろ。ただし、鰻といえども命をもらうんだ、一度で頭に目打ちを命中させてやらないと、成仏できないかもしれないぞ」

季蔵は呆れ気味に諭《さと》した。

四

この後、炊き立ての飯に甘辛タレをさらっとかけ廻し、その上に焼きたての蒲焼き、とろろを載せ、刻み海苔《のり》を添える。

「刻み葱《ねぎ》や山葵《わさび》を添えてざーっと出汁をかけてとろろと混ぜ、蒲焼き一口、とろろ飯一口という具合に、さらさらと掻《か》き込んでみても悪くない」

季蔵の言葉に、

「それ、鰻とろ茶漬けだね。おいら、三杯目のお代わりはそれがいいっ」

三吉がにっこりした。

季蔵は出来上がった鰻とろ丼に文をつけて奉行所の烏谷に届けた。


ご指示の件、まずは鰻とろ丼を作りました。

料理は出来たてが何よりなので、本来ならお運びいただいて、召し上がっていただきたいところなのですが、時もあまりないので届けさせていただく次第です。

東海道中の名物料理の中で、とろろに拘ったのは丸子のとろろ汁がたいそうな評判だからです。

鰻の方は東海道の多くの宿場で名物料理になっています。東海道には江戸を開府された権現家康《ごんげんいえやす》様が治めておられた駿府《すんぷ》とその近隣が連なり、徳川様の道と言って言えなくもございません。関東風の鰻の蒲焼が江戸で広まったのは後年のことではありましょうが、徳川様の道と関東風の鰻の蒲焼は、切っても切れない縁で結ばれているように思います。申すまでもなく、徳川様と武士の町江戸は一つです。

それで評判のとろろに徳川様と縁深い鰻の蒲焼を合わせてみました。

これでお伊勢参り御膳に添える東海道名物料理は何とか出来ましたが、菓子の方はまだです。宴《うたげ》が催されるまでには何とか仕上げたいと思っております。

なお、このまま召し上がっていただく他に、出汁をたっぷりとかけ、刻み海苔だけではなく、刻み葱や山葵を薬味にする鰻とろ茶漬けもお楽しみいただけます。

季蔵

お奉行様

するとタ刻に返事が届けられてきた。


冷めてはいたがたいそう旨かった。鯛《たい》が腐っても鯛なら、鰻の蒲焼は冷めても鰻であろうな。半分は茶漬けにしてみたがこれもなかなかよかった。

菓子の方も期待しているが一つ釘《くぎ》を刺しておく。餅と名のつくような代物は、たとえあの安倍川餅でもやめてくれ。腹の足しになることはわかっているがつまらない。夏は暑苦しくもある。客人は豪商の娘ということでもあり、是非とも、言ってみれば瑠璃の手仕事のようなものを頼む。

烏谷椋十郎

季蔵殿

――ほう、安倍川餅に似たものでも駄目だとはな――

意外な気がした季蔵は三吉に安倍川餅について話させた。

「権現様が府中の安倍川を通って茶店に寄った時、そこの店主が黄粉《きなこ》を安倍川で取れる砂金に見立て、搗きたての餅にまぶして、〝安倍川の金な粉餅〟と名づけてさしあげたんだって。権現様はとっても喜ばれて、安倍川にちなんで安倍川餅って名づけてくだすったんだとか。その頃は特に珍しかった白砂糖を使ってたんだって。だから黄粉の風味も引き立ったんだろうって。有徳院《ゆうとくいん》（徳川吉宗《よしむね》）様も大好きだったらしいよ。『東海道中膝栗毛』じゃ、〝五文採《ごもんどり》〟が安倍川餅のまたの名なんだってさ」

三吉はやや捨て鉢気味に語った。

長屋の老爺《ろうや》からさんざん聞かされてきた、〝東海道中美味いもの噺〟が季蔵には不興なのだと感づいている。

「それとさあ、〝東海道中美味いもの噺〟がぴんと来てないのは季蔵さんだけじゃないよ。おいら、買い出しに出てばったり五平旦那に会ったことがあるんだ。半月ほど前かな。そん時旦那さんに声を掛けられたんで立ち止まって話をしたんだ。旦那さんは〝東海道中美味いもの噺〟は新しいネタながら、昔話と名所の謂れと名物の味だけなのに少々うんざりしてた。それでこの噺で湯屋を廻ってる芸人に褒めと苦情を言って、何とか、切れ味のいい噺にするよう勧めるつもりになったんだって」

三吉は五平に会った話を始めた。

「それで五平さんはその人と話はできたのか？」

季蔵はこちらの方には興味を惹《ひ》かれた。

──飯と同じか、それ以上に噺が大好きで凝り性なあの人らしい──

「誰も住まいを知らないって言うんで、湯屋での噺が仕舞いになってから、後を尾行《つけ》たんだって。そしたら、化け屋に入ってったんだって。店に入らなかったのは何となくその化け屋が不気味に感じられたからだったそうだよ」

三吉が化け屋と言ったのは着物からかもじ、刀や菅笠《すげがさ》等、希望の身分と年齢に合わせて、身につけるものや持ち物を貸し出す変装専門の店であった。

「何で早く、それを言わなかったんだ？」

季蔵は知らずと問い詰める物言いになっていたのか、

「だって、おいらが怠けてるって思われるかもしんないし、その芸人、ある日、煙みたいにいなくなっちゃったんだもん。長屋のお爺さんはがっかりしてるけどね」

三吉はしょんぼりと肩を落として俯《うつむ》いてしまった。

——何も追い詰めるつもりはなかったのだが——、そうだ——

この時、季蔵の心が〝東海道中美味いもの噺〟から完全に解き放たれた。

——お奉行がたとえ安倍川餅でも、餅とつくものはやめてほしいとおっしゃって、徳川様とか、権現様とかへの呪縛《じゅばく》を解いてくださったのは何よりだ。わたしは伊勢神宮への参拝を励みとして、東海道を旅する人たちの叶《かな》った想《おも》いを菓子にしてみたい。瑠璃が無心で紙花や折り紙の虫作りに手を動かすように、何物にもとらわれずに自由な心と心意気で——

「よしっ、三吉、これにはきっとおまえの想いを生かせるぞ」

季蔵に気合を掛けられて、

「おいらの想いって？　何だっけ？」

三吉はきょとんとした。

「今にわかる」

「ふーん」

三吉の方が不興そうな顔になっている。

「まずは食用になる虹の七色、赤、橙《だいだい》、黄、緑、青、藍《あい》、紫を集めなければならない。すぐに嘉月屋《かげつや》さんまで行って、御主人の嘉助《かすけ》さんに頼んで分けてもらってきてほしい。虹の七色はおまえがしきりに五色の色をつけたがっていた十団子より多いぞ」

「へえ、季蔵さん、おいらの言ったこと、覚えててくれたんだ」

「おいらの案、これから作るとっておきの菓子に使ってくれるってこと?」

「もちろん」

「そうだ」

「やったね!!」

三吉は飛び上がって歓声を上げると、

「合点承知、行ってくるよ」

七色をもとめて店を出て行った。

その間に季蔵は先ほど閃《ひらめ》いた菓子の様子を絵にしてみた。

夏ならではの菓子を意識しているので、錦玉羹《きんぎょくかん》を作ると決めている。錦玉羹は水と一緒に煮溶かした寒天に白砂糖を加えて漉《こ》し、容《い》れ物に容れて冷やし固めたものである。菓子屋ほどではないが、塩梅屋にも幾つか錦玉羹の型がある。先代長次郎《ちょうじろう》が娘のおき玖《く》にせがまれて、あれこれ拵えた夏菓子の名残りでもあった。長次郎は錦玉羹について以下のように日記に書いていた。

白玉売りが通ればすぐにもとめられる白玉と手間暇がかかり、冷えて食べ頃になるまでに我慢しなければならない錦玉羹、どちらの夏菓子が美味いのかと言われると迷うところだ。だが、やはり目に楽しいのは錦玉羹のように思う。とはいえ、透けた様子は涼し気ではあるが何とも頼りない。光を感じさせる透け感がいいなとふと思い、手作りしている小麦水飴を砂糖の代わりに入れてみた。こっくりとした薄茶色の色合いは、秋の光のようで少々寂しい、夏向きではないとおき玖に文句を言われた。ただし、俺《おれ》のは小麦使いなので味はまろやかなはず――。

これを読み返した季蔵は、

――今でも塩梅屋では小麦水飴を拵えているのだが、それでは駄目なのだな――

う――んと考え込んでしまった。

ちなみに小麦水飴には小麦の種を発芽させて麦もやしを作り、乾燥させて粉にした麦芽を使う。糯米で作ったお粥《かゆ》にこの麦芽を加えて一晩置き、丹念に漉した液を煮詰めて仕上げる。大麦でも作ることはできるが、小麦で作った水飴の方が、大麦で作ったものより色が薄く、味も柔らかい。

――光を感じさせる透け感か、さすがとっつぁんだ――

この時季蔵の脳裡《のうり》を後光という言葉が掠《かす》めた。

――伊勢神宮は沢山の神様の後光が溢《あふ》れているのでは？　それで旅人たちは光に包まれている神宮が見えた時、厳《おごそ》かにして、天にも昇るほどの想いに浸れるのではないか？　凄《すさ》まじい神の光、癒し――、そうだっ――

季蔵は残してある金箔《きんぱく》を思い出した。

――これだ――

季蔵は鍋で拵えた錦玉羹を大きめの長細い器に流した。このままではなんの変哲もない透けた錦玉羹にすぎない。しかし、ここに、金箔をごくごく細く小さく千切って、万遍なく浮かしてみると、きらきら、きらきらと命が輝くように光り始めた。

――まさにこれこそ、光を感じさせる透け感だ。そして、お伊勢参りをしようとする人たちの心がもとめている救いなのだ――

季蔵はしばらく飽きずに見入った。

「ただいまぁ」

三吉が戻ってきた。

「さすが嘉月屋さんだよね、はい、これ」

三吉は七色各々が入った袋を季蔵に渡して、

「えーっとね、桃色は紅花《べにばな》、橙色は蜜柑《みかん》の皮、黄色は梔子、緑は抹茶、青は露草《つゆくさ》の花、藍は染粉の藍、紫は甲州葡萄《こうしゅうぶどう》の皮だって。ぜーんぶ、干して粉にしてあるから、すぐに使えるんだそうだよ」

得意げに説明した。

「ご苦労様」

三吉をねぎらった季蔵は、

「さあ、錦玉羹を作るぞ」

再び鍋に分量の寒天と水を入れて火にかけた。

「あそこにきらきらしてる錦玉羹がたっぷりもう、出来てるんだけど」

不審そうな三吉の言葉には答えず、

「一番小さい錦玉羹の型を七個頼む」

離れの納戸から取ってこさせた。

二度目の錦玉羹は一度目よりも濃く煮詰めて固めの甘めにする。これを七個の型に流した後、

「空にかかる虹を思い出して、これらに色をつけてみろ」

季蔵は三吉に指示した。

「えっ？　おいらが？　いいの？　ああ、でも、そんな風に言われると何だか、おいら、怖くなってきちゃったよ。粉を入れすぎて濃すぎちゃ駄目だよね？　淡くてはかない虹じゃなくなっちゃうから」

「ここに蛇はいないぞ。それに虹は好きだろう？」

「ん、大好き、うっとり見てるだけで嫌なこと忘れて、先に望みがあるような気がするもん」

「それなら出来る」

「わかった」

こうして三吉は虹の色全色の錦玉羹を仕上げた。

五

「綺麗でしょ？」

三吉は得意げに相づちをもとめた。

「まさに虹色だ」

どれも粉の量が加減されていて、紅花粉の桃色、梔子粉による菜の花のような黄色、蜜柑の皮粉の橙色、抹茶粉の薄緑、露草の花の粉による薄い薄い水色、藍粉の空色、甲州葡萄の皮粉による紫は、どれも光を孕《はら》んでいるかのような透明感があった。

すでに細かな金箔を散らした透明な錦玉羹は、一人分の長四角に切り分けてある。七色の錦玉羹は各々小指の爪先《つまさき》ほどの賽子《さいころ》型に切り、一人分ずつの長四角の透明な錦玉羹の上に、虹の配列通り端から、桜色、橙色、菜の花色、薄緑、薄い薄い水色、空色、紫の順に並べて載せた。

「ほんとに虹だね、虹だ、虹だ」

はしゃいだ三吉は、

「これもお奉行様へ届けるんだよね」

重箱を探しに離れへと勝手口を抜けようとしたが、

「いや、今時分の暑さでは届けるのは無理だ」

止めた季蔵も思わず見惚《みと》れた。

――虹色を固めの錦玉羹にしてよかった。白隠元《しろいんげん》の羊羹を虹色分作ることも考えたが、どろっとした隠元羊羹の白に虹色粉各々を混ぜると、どれもべたっと薄まるだけで、透けた感じとも光とも縁が無くなる気がして止《や》めたのだ。そもそも粋《いき》ではない。それとこれで錦玉羹が小麦水飴の秋色だったり、澄んだままだったりしたら、虹色の錦玉羹を載せても、この時季ならではの虹の美しさは出せなかっただろう――

しばらく、長四角の中に煌《きら》めく金箔を見つめていた季蔵は、

――そうだ――

あることに思い当たった。

――窮迫している主家のために、出奔したわたしを不忠義者として、改めて追わせようとしたのは澪様だった。とすると、この金箔は澪様から届けられてきたことになる。金が元になる金箔はたやすく誰でも扱えるものではあり得ない。澪様は島屋三右衛門と組んでいたゆえ、おそらく島屋を通じて手に入れたのだろう。香具師《やし》の元締めなら、御禁制品をはじめとする、お上が厳しく流通を取り締まっている品々に関《かか》わることができるかもしれない――

目の前の菓子を愛《め》でていたはずが、季蔵は何やら心がむず痒《がゆ》くなってきた。

「ねえ、これ、何って名づけるの？」

三吉に問われてはっと我に返り、

「神宮虹菓子《じんぐうにじがし》に決めた」

「伊勢神宮とは銘打たないのかな？」

「拘りたくない」

季蔵はきっぱり言い切った。

そしてこの後、描いてあった神宮虹菓子の絵図に虹色の着色をほどこすと、以下のような文を添えて烏谷まで届けさせた。


菓子は添えた絵図に描いたようなもの、錦玉羹を用いた神宮紅菓子といたしました。これは東海道の名物菓子には一切似せていません。まだ詣でたことのない、伊勢神宮を頭によぎらせながら作りはしましたが、あえて伊勢神宮虹菓子とはしませんでした。お伊勢参りはたしかに盛んですが、詣でることのできない人たちも沢山いるはずです。

さまざまな土地のさまざまな神社へ足を向ける時にも、人々の心に希望の虹が掛かっていてほしいとの想いを込めました。

この神宮虹菓子をお届けできないのは、暑さで錦玉羹の寒天が溶けだす懸念があるからです。どうか絵図にてお許しください。

それとこれには届けられてきた金箔を使いました。金箔をわたしに寄越《よこ》したのは澪様で、入手先は島屋三右衛門ではないかと思われます。

明日、明後日《あさって》の大事なおもてなしが済んだところで、このあたりを詳しく調べてみたいと思っています。

季蔵

お奉行様

烏谷からは以下のような返事が来た。

神宮虹菓子に異論はない。賽子型の虹を載せる長四角の中の金箔が、黄色に塗られていた絵図は興ざめだったが、まあ、仕方がなかろう。目の当たりにすればこれ以上はないと思われる美しさであろうな。儚《はかな》く溶けかねないのも悪くない。京の菓子にも引けを取らぬ。品位があって典雅な上に、この時季に合った粋な江戸菓子であろうと思う。

いよいよ明日からだ。前にそちから頼まれた、お伊勢参り御膳に欠かせない、鯛、鮑《あわび》、伊勢海老《いせえび》、鮎《あゆ》、蛤だけではなく、烏賊《いか》、蛸《たこ》、鶏や鰻の調達はすでに万全だ。米はそちのところのもので充分。

よろしく頼む。

楽しみにしているぞ。

烏谷椋十郎

季蔵殿

先と同様、この文にも澪や島屋三右衛門のことは書かれていなかった。

この翌早朝、季蔵は自然薯や牛蒡《ごぼう》等の青物と使い慣れている鍋、釜《かま》、七輪《しちりん》等の類《たぐい》、もてなしに必要な皿小鉢を大八車に積んで、烏谷が指定している場所へ三吉と共に向かった。

「すっ、すげえとこなんだね、まるで入ったことのない大名屋敷みたい」

料亭だったというよりも、御屋敷然とした構えと広さに三吉は圧倒された。しかも、門を入って左右に見える庭は、烏谷の指示で木々の緑が丹念に整えられている。池には蓮《はす》の花が咲き始めていた。

一足先に来ていた烏谷が玄関で出迎えた。

「客人は三人。羽州の豪商の娘三田佳代《みたかよ》と付添いの奉公人杉乃《すぎの》、そして、下山《しもやま》藩江戸屋敷に勤める弥助《やすけ》。下山藩領の百姓ながら、力自慢にして読み書き算盤《そろばん》に優れていた弥助を、先の城代家老が江戸屋敷の中間《ちゅうげん》に推したのだと聞いている。三田家といえば、上方や江戸にも聞こえた豪商だ。佳代はその三田家本家の長女。いずれ婿をとる身だ。三田家本家では歴代の跡取りが男女を問わず、故郷を出て日光《にっこう》、江戸、伊勢、京大坂を経て帰るという、気の遠くなるような旅をすることになっている。世間を広く知らねば、大きな商いは出来ないという家訓ゆえのようだ。この江戸にはもう十五日も留《とど》まって、贅沢三昧《ざんまい》の江戸見物をしたと聞いた。何でも、下山藩十万石の江戸屋敷に何日も泊まり続け、手厚いもてなしを受けている。ようはそこまで三田家は力のある豪商だということだ。三田家の子たちはお食い初めの時から、美味いもので舌を鍛えられるので、長じるとたいそうな食通になるとも聞いている。ここは何とか、美味いと唸《うな》らせたいものよな」

烏谷は珍しく力んだ物言いをした。

「わかりました」

この後季蔵と三吉は厨《くりや》で宴席の準備に取り掛かった。

「凄いんだね、三田家って」

「そのようだ」

「料理が不味《まず》いって言われたらどうしよう？」

早くも青ざめかけた三吉を、

「今はそんな心配はせずに料理に心を傾けろ」

季蔵は叱《しか》った。

客人たちが訪れた。まずは挨拶《あいさつ》も兼ねて季蔵は茶を運んだ。すぐに厨へ下がろうとすると、

「まあ、皆さまの江戸見物のお話など一緒に伺おうではないか」

烏谷は季蔵を止めた。

烏谷は抜け目なく、季蔵をちらと見た女たちの頰《ほお》が赤らんだのを見逃さなかったのである。

三田家の長女佳代は年齢《とし》の頃、十八、九歳、瓜実顔《うりざねがお》の清楚《せいそ》な美人だった。付添いの杉乃

は二十五、六歳、年齢相応の落ち着きが見てとれる。時季柄、佳代は赤と濃紺の朝顔が描かれた上質の麻地を纏《まと》っていて、杉乃の方はほとんど水色の無地に見える、縞《しま》木綿の着物をしっとりと着こなしている。

中間の弥助は剛力と学識を認められただけあって、小袖《こそで》に四幅袴《よのばかま》の姿は恰幅《かっぷく》があり、常に伏し目がちながら賢い目の若者であった。

――四幅袴のままでこの席に連なるとは。それほどの力量の持ち主なのか？――

「弥助には江戸から故郷《くに》まで迎えに来てもらったのです。ですから、席はわたしたちと一緒にしてください」

お佳代は顔だけではなく、声もまた、小さな鈴を転がしたかのような初々しい美声だった。

「承知しております」

応えた烏谷はいつになく固くなっていた。

――これではまるで、相手がどこぞのお姫様のような物腰ではないか――

季蔵も釣られて緊張した。

ともあれ、末席ではあったが弥助は膳についた。今までの流れもあって驚きはしなかったが、上座には佳代が座り、烏谷は杉乃と向かい合った膳の前に座っている。

「江戸は堪能されましたか？」

烏谷は佳代を見つめた。

「見て歩いた江戸名所は上野《うえの》の寛永寺《かんえいじ》、愛宕山《あたごやま》、伝通院《でんづういん》、湯島天神《ゆしまてんじん》、不忍池《しのばずのいけ》、両国《りょうごく》、富岡《とみおか》八幡宮《はちまんぐう》、洲崎弁天《すさきべんてん》、亀戸《かめいど》の五百羅漢《ごひゃくらかん》でしょうか」

お佳代は物静かに応えた。

「どれも江戸名所案内に載っている、退屈な場所ですな」

鳥谷がふと洩《も》らすと、

「お嬢様、船宿で舟を仕立てての遊山《ゆさん》もございましたでしょう？」

杉乃は佳代を促した。

「そうでした、忘れていました。両国橋の船宿から舟を仕立てて、待乳山《まっちやま》から山谷《さんや》堀《ぼり》に入り、三谷《さんや》橋で下りました」

「ほーっ」

ため息をついた鳥谷は、

「それはさぞかし、面白いものをご覧になったことでしょう。三谷橋から続く土手は日本堤と呼ばれて吉原《よしわら》に続いていますから。あなた様方は遊女買いをする男たちを真似《まね》たのですか？」

大きな目をぎょろりと剝いて見せた。

六

「まずは、下谷竜泉寺《したやりゅうせんじ》町にある田宮屋《たみやや》で浮世風呂《うきよぶろ》に入り、昼餉《ひるげ》を楽しむためでした。田宮屋には女子《おなご》だけの浮世風呂があるのです」

お佳代はやはり控えめな口調で告げた。

風呂と料理が供される湯治場料理屋は、吉原が近いこの界隈《かいわい》には珍しくなかった。その中でも田宮屋は値が張ることで知られている。

「女子でありながら浮世風呂とは何とも豪気ですな。わしも一度は行ってみたいと思いつつも、まだ足を向けたことがありません」

高すぎて手も足もでないという言葉を呑み込んで烏谷は苦笑いした。

「女子がここまでくつろげる場所があるとは驚きでした。とても楽しかったですよ」

お佳代は微笑《ほほえ》んだ。

「田宮屋の料理はいかがでしたかな？」

「湯に浸《つか》った後、まずは茶と凝ったお菓子をいただきました。白隠元を白砂糖で練った白羊羹の上に、砂糖に水飴を加えた有平糖《あるへいとう》で夏の草花が巧みに描かれていました。わたしの好きな百合《ゆり》の花もありました。お菓子とは思えず、一幅《いっぷく》の絵のようで見事なものでしたよ」

ここで一度お佳代は言葉を切った。

――虹に白隠元の羊羹を使わなくてよかった。白羊羹の上に有平糖をふんだんに使って絵を描かれては、白羊羹と七色を混ぜた、光を感じさせないどろりとした虹ではとても太刀打ちできなかった――

季蔵はひとまず胸を撫《な》でおろした。お佳代は先を続けた。

「それから大皿に盛った皿鉢料理が五皿、鮑、かまぼこ、鯛、穴子等が造りだけではなく、青物と合わせる等、さまざまに工夫されていて品数も多く、目でも舌でも楽しむことができました。特に美味しかったのは鯛の吸い物付きの奈良《なら》茶飯《ちゃめし》でした。大豆と小豆を釜に入れ、煮出した茶で炊かれた塩味のご飯なのですが、ふと故郷が思い出されました」

この時、烏谷と季蔵は目配せし合った。

――やはり、故郷の味は強いものよな。準備しておいてよかった――

――さすがお奉行です――

「それではこれから、こちらも心ばかりのお伊勢参り御膳をご賞味いただきましょう」

いよいよ、生まれてすぐからの食通娘にこちらの料理が試されることとなった。

ところが、お佳代は刺身の鯛や鮑、伊勢海老を煎《い》り酒で食し、和《あ》え物になっている白身魚や烏賊、蛸には箸《はし》をつけようとしなかった。

「実は海の幸に乏しい日光を通ってきましたので、千住《せんじゅ》に着いたとたん、鯵《あじ》の吸い物、小《こ》鰈《がれい》の煮浸《にびた》し、海老や目抜き鯛等を夢中でいただいたのです。船宿でも、ご主人の包丁で次から次へとイキのいいお魚攻めでした。お嬢様はお魚にはやや飽きているのかもしれません」

そう告げた杉乃はせっせと箸を動かして、刺身も和え物も一切れ、一箸残らず平らげ、

「こちらの煎り酒はキレがいいと言うか、とにかく風味が違いますね」

塩梅屋の煎り酒をしきりに褒めた。

二の膳は鯛の刺身と栗や切り干し大根、木耳《きくらげ》と混ぜた伊勢風なますと、鳥団子の甘辛醤油煮《しょうゆに》の伊勢風煮物、鯛の変わり刺身の伊勢風汁、正確には伊勢風古代汁であった。これにもお佳代はほとんど箸をつけず、

「お嬢様、お奉行様のお気持ちでございますよ」

杉乃に促され、ようやっと箸を手にして、伊勢風なますの切り干し大根と木耳、伊勢風煮物のささがき牛蒡、白飯へと箸を伸ばしただけであった。

——困った——

——お気に召さないのでしょうか？——

烏谷と季蔵は目と目を合わせて狼狽《うろた》えた。お伊勢参り御膳で残るは三の膳だけとなった。

お佳代は三の膳の鮎の塩焼き、焼き蛤には一箸つけ、鯛の汁物、豆腐の汁物は残らず食べた。汁物と言っても古代汁なので、実際は木綿豆腐の細切り揚げ蓼酢《たです》かけの鮎もどきと、蛤の形に模した鯛の揚げ煎餅《せんべい》が蛤もどきであった。

このもどき料理の説明を季蔵から聞いたお佳代は、

「面白いし、とても美味しかったです」

笑顔を見せた。

——よかった、お加減が悪いのではなかった——

季蔵はほっとしたが、烏谷の目は、

——おおかたは気に入らず残したではないか——

憤懣《ふんまん》を溜めつつ、杉乃と弥助の空になっている皿小鉢を睨《にら》んでいる。

——供の者たちを喜ばせてもしようがない——

烏谷の目が語る愚痴を、

——いえ、喜ぶ者が誰もいないよりよろしいでしょう。それにまだ、あと二品残っております、望みはまだあります——

季蔵は吹き飛ばし、

——そうだな。この流れを変えるべく、少し食休みを取るとしよう——

季蔵は膳を下げるよう、廊下に控えていた三吉に指示した。

——残り物は食べていいぞ——

目でお佳代の残した膳を見据えて頷くと、

——ほんと？　やったあ——

三吉の顔が喜色で溢れた。

「田宮屋での風呂や料理の他にも楽しいことはござったろう？」

烏谷は目を細めて大袈裟《おおげさ》な笑い顔を作った。烏谷の笑いはたいていが頬と口元を緩ませるだけで、目は笑っていないのだから、これは大盤振る舞いの笑いであった。

「歌舞伎《かぶき》を二回も見てしまいました」

頬を染めたお佳代の応えに、

「お嬢様は市川沢之助《いちかわさわのすけ》と中村菊之丞《なかむらきくのじょう》にすっかり見惚れてしまわれました。そこの料理人さん、塩梅屋季蔵さん？ でしたかしら、中村菊之丞によく似ていますね」

目元の赤い杉乃が言い添えた。ちなみに杉乃と弥助は烏谷が勧めた酒を飲んでいる。

「不調法ですみません」

お佳代は断って盃《さかずき》を伏せた。

「芝居小屋の梯子《はしご》とはなかなかですぞ。この江戸では芝居や役者に嵌《はま》るのは、良家の子女にあるまじきこととされて縁談にも響きかねません」

烏谷の口調に挑発が混じった。

――さあ、どう出てくるか？――

季蔵の方を見る烏谷の目は、さきほどと打って変わって面白がっている。

「そんな――」

お佳代の声が震えて顔が青ざめた。

すると、

「大丈夫ですよ、お嬢様。旅の恥はかき捨てとよく申しますから。それにお奉行様、わたしたちは、実は田宮屋で極楽を味わった後、吉原へ繰り出したんです。二日も通いました。ぼんぼりに灯火がつく頃、艶《あで》やかな遊女たちを格子越しに見たり、花魁《おいらん》道中も見ることができました。花魁を呼んで一緒に盃を傾けたりもしました。お江戸も吉原ももう二度と来ることはできないかもしれませんから、よーく見ておきたかったんですよ。この手の花のお江戸の土産話は自慢にもなりますしね。ねえ、お嬢様」

ほろ酔いの杉乃はお佳代に相づちをもとめた。

「たしかに」

応えたものの、お佳代は俯いてしまった。

「だけどねえ、〝しくじり女郎百文の札がつき〟っていうのはどうにもいただけないと思うんですよ、わたしはね」

杉乃は烏谷を見据えた。

「旅籠《はたご》には飯盛り女の数が決められていて、数を超えるとお上に捕まって、吉原河岸へと送られ破格に安い値で働くことになる。まあ、捕まった女たちは不運だ」

「そうかしらねえ、あの手の女たちときたら、髪型や着物だけじゃなく、一筋縄ではいかない、人を小馬鹿にする底意地の悪さがたまらないって聞きましたよ。有り金を残さず盗《と》られた知り合いもいました。それに比べて、奥州で見かけた旅籠の飯盛り女たちは、おっとりと古風で親しみが持てました。江戸ってやっぱり怖いところなんですねえ」

杉乃はしみじみと言った。

「いくらでも見たければ怖いものが見られるのがこの江戸なのだが、それより、こちらが恐ろしいのはあなた様方が、下山藩邸に客人扱いで泊まられていることですよ。町奉行の分際では大名屋敷の門を潜《くぐ》って、裏のお長屋の軒下に立つことも叶わないのですから。あなた様方は畏《おそ》れ多くはないのですか？」

烏谷は知らずと元のような敬語に戻っていた。

「畏れ多いも何も、結構、始終国元から人が来て泊まっていますからね。もちろん、奥向きを仕切るお方のお計らいで、若殿様やお姫様のお部屋を見せていただける、三田のお嬢様へのおもてなしほどではないでしょう。けれど、皆、そう粗末には扱われていません。訪れる人たちは家臣、商人《あきんど》、庄屋等が入り混じっていて、皆、懸命に藩政を支えているからです」

杉乃はさらりと応えたが、

「そこは何とも胡散臭《うさんくさ》い」

烏谷はずばりと言ってのけた。

すると、そこで、

「先のものをいただかなかったせいかしら？　杉乃、わたし、お腹《なか》が空《す》いてきたわ」

お佳代が顔を上げた。

「それではとっておきの逸品をお召し上がりいただきましょう。これからあなた様方が旅する東海道の名物料理に案を得たものが一品、もう一品は誰もが抱く、伊勢神宮への憧《あこが》れと神の御加護を菓子にいたせしものです」

烏谷は季蔵に向けて顎《あご》をしゃくった。

七

鰻の蒲焼ととろろを合わせた丼を見た佳代は、

「まあ、鰻。とろろも。しばらく食べていなかったわ、うれしい」

空腹を訴えていただけにすぐに箸を取った。

「まあ、お嬢様、鰻など珍しくもない。どこに居ても川はあって食べられるんだから、飽きてしまってますよ。川に戻らず、一生海か海と川の境に住む青鰻なら、川魚特有の臭みもなく一度は味わってみたいですけどね。江戸の入り口の千住にも鰻料理はすっぽん料理と一緒にありましたけど、わたしたちは食べなかったでしょうが？　ねえ、弥助さん」

杉乃は弥助に相づちをもとめたが、弥助は箸を黙々と動かし続けた。

「鰻に飽きておられる杉乃様には鰻とろ茶漬けはいかがでしょう？」

季蔵が勧めると、

「あなたが勧めてくれるのなら、そう悪くはないかもしれないわね」

杉乃は出汁をたっぷりとかけた鰻とろ茶漬けをさらさらと掻き込んだ。

「なかなか気持ちのいい食べっぷりですな」

感心した烏谷は、

「わしもそっちを頼もうか」

季蔵に命じた。

「はい」

こうして烏谷は杉乃に続いて、あっという間に丼を空にした。

弥助が箸を置いても、まだお佳代は食べ続けたが、やっと全員の丼が下げられ、いよいよ茶と菓子の用意がされるまでに漕《こ》ぎつけた。

「いよいよだね」

下げた丼を厨へと運びながら三吉が季蔵に囁《ささや》いた。

「おいら、絶対、あの神宮虹菓子が今日の一等賞だと思うんだよね」

「そうなるといいが、さてな」

季蔵はわざと軽く躱《かわ》した。

――さすが、このお客人たちはなかなか手強《てごわ》い。期待させすぎて、錦玉羹で虹を拵えてくれた三吉をがっかりさせたくない――

神宮虹菓子は深くて大きい四角い器に移し、井戸水を張った盥で冷やしていた。この時季なので井戸水は常に冷たくなっているよう、気をつけて替え続けなければならなかった。

そしてこの神宮虹菓子には冷えた煎茶が合う。熱い普通の茶は絶対に合わない。熱さで口の中の寒天が溶けてしまい、寒天独特の臭みが出て何とも興ざめなことになる。

また、当初、冷やした宇治《うじ》の抹茶をと考えてはみたが、濃厚で深すぎる抹茶では、錦玉羹だけで出来ている、さらりとした風味を殺してしまうだろうと思いなおしてやめた。

これらを季蔵と三吉は客人たちの膳に載せて運んだ。

「まあ、何と綺麗なお菓子なのでしょう。このように美しくて涼し気なお菓子を見たのは初めてだわ」

お佳代が歓声を上げた。

「これは食べ物用の金箔ね。こんなところでこんな姿で出会おうとは思わなかったわ。いいわね、こんな金箔の使い方も——」

杉乃も見惚れていて、

「食べるのが惜しいくらい」

「ほんとうだわ」

二人の女は顔を見合わせてにっこりと笑った。

烏谷と弥助は女たちに合わせて神宮虹菓子を眺め続けていて、女たちが菓子楊枝《ようじ》を手にするとそれに倣《なら》った。

こうしてこの日のお伊勢参り御膳と取っておきの二品の宴は無事終わった。

「とにかく、最後の神宮虹菓子が素晴らしいの一言に尽きます。見ているだけで心が弾んで楽しいだけではなく、あんなにも美しい虹や光の精のような金箔を身体に入れると、どんな困難でも乗り越えられるような気がしてきました。何って有り難いのでしょう」

お佳代は目を潤ませた。

「何やら、わたし、若返ったような気がしてまいりました。どんな紅、白粉《おしろい》より効き目があるような気さえいたします。そうそう、あの浮世風呂よりも——。お嬢様、明日もまた、まいりましょうね。実はあのお伊勢参り御膳だけだったら、お嬢様もほとんど召し上がらないし、わたしたちばかり御相伴するのもおかしなことですので、明日はお断りしようと決めかけていたのです」

杉乃はぞんざいになっていた言葉こそ元に戻したが、なかなか辛辣《しんらつ》な本音を吐いた。

客人たちを見送った後、

「やれやれ、まあ、何とか今日は乗り切った」

烏谷は安堵のため息をついた。

――どうして、お奉行はこのもてなしにこれほど思い詰めておられるのだろうか？　客間の見事な調度や書画骨董《こっとう》もお奉行の懐《ふところ》具合ではとても、もとめられるものではあるまい。どこからか、借り出してきたものと思われるのだが、なにゆえ、そこまで三田家からの客人のためにはからうのだ？――

当初はお伊勢参り御膳を市中に流行《はや》らせて、普請《ふしん》にかかる費えに充《あ》てるつもりだという烏谷の言葉を信じていた。しかし、そもそもが、お伊勢参り御膳にあまり独自性はない。これの下地になっている伊勢神宮の遷宮諸祭《せんぐうしょさい》の時の料理そのものが、古代汁などという昔風の呼び名を除けば、今日のよくある料亭豪華膳であった。あの奉公人にしては言いたい放題の杉乃の言う通り、ありがちなもてなし膳でしかない。

――それをお伊勢参り御膳と銘打って、客を募っても果たして集まるものだろうか？

――

烏谷にとって間尺に合わないことはまだあった。

――湯屋から流行った〝東海道中美味いもの噺〟に便乗して、名物料理で大儲《おおもう》けしたいと島屋三右衛門は目論《もくろ》み、お奉行を仲間に引き入れようとしていた。お奉行は自身が江戸で禄《ろく》を食《は》む役人である以上、道に外れた商いだと言って退けたとのことだった。とはいえ、お伊勢参り御膳などより、よほどこちらの方が安価で親しみやすく人気が出やすい。普請の費えの足しになる。島屋がおしんさんに売らせようと持ち込んだへんば餅を始め美味い名物料理や菓子を売って何が悪い？　東海道筋の本家本元の店も請け負う市中の店も潤い、そして、お奉行の普請の費えも賄《まかな》えれば何よりではないか？　これぞ商いの醍醐味《だいごみ》というものでは？——

季蔵は三吉と二人、大八車を引いての帰路、しきりに烏谷の真意はどこにあるのだろうかと考え続けた。

「あの杉乃っていうおばさん、凄い女《ひと》だったたね」

「たしかにな」

「季蔵さんが客間に居て、おいら、厨で一人だったでしょ。そしたら、いきなり入ってきて酒を飲ませろって言ったんだよね。怖い顔だったたんで、おいら、逆らえなかった。また、飲みっぷりが並みじゃない。田端様の湯《ゆ》呑《の》みの冷酒を凌《しの》ぐ勢いだった。駆けつけ五杯はいったね。その後の言い草がさ、〝江戸のお酒は不味いわねえ、米どころの故郷とは大違い〟だもん。それでも、おいら、腹なんて立てられなかった。あのおばさんがにこにこして厨から出てってくれたんで、ほんと、ほっとしたんだよ。季蔵さん、あのおばさん、相当出来上がっちゃってたの気がついてた？」

「いや」

烏谷がしきりに勧めた盃を杉乃も弥助も三杯以上は受けなかった。それで季蔵は杉乃がほろ酔い加減でこれほど思い切った話しぶりができるのは、酒にそうは強くないせいだと思い込んでいたのだった。

——わたしとしたことが——

見るべきものを見ていなかったのだと季蔵は迂闊《うかつ》さを恥じた。

——そうなると、杉乃様は大酒飲みか、自身の非常な緊張を解くために、厨で駆けつけ五杯を飲んだことになる。女だてらに大酒飲みの奉公人を、三田家ともあろうところが雇い入れているわけもないし、大事な三田家の跡取り娘に付添わせるはずもない。杉乃様はお奉行に負けず劣らずぴんと張りつめておられたのだ。けれども、それはいったい何のために？——

そこから先はもう袋小路に入ってしまって想像もつかなかった。塩梅屋は今日、明日と休みにしてある。店に帰り着いた二人は、まずは疲れた身体《からだ》に鞭《むち》打って明日の仕込み等をこなした。明日の宴にはほとんど生ものは出ない。その代わり、漬物にする小茄子《こなす》や和え物の小さな夏烏賊はこちらから手配、持参しなければならなかった。土産に持たせる笹巻《ささま》きと味噌もちは八割方仕上げておかないと間に合わない。

その後、三吉に裏庭まで青紫蘇《あおじそ》を摘みに行かせ、その間に季蔵は素麺《そうめん》を茹《ゆ》でた。残っていた卵を割って掻き混ぜ、胡麻油を熱した鍋で炒《いた》めた後、たっぷりの青紫蘇と茹でて水切りした素麺、輪唐辛子《わとうがらし》少々を入れる。一気に炒め上げて、煎り酒で調味すると、卵と青紫蘇のぴり辛油素麺が出来上がった。何とも簡素な夕餉《ゆうげ》ではあった。

「明日も早い、泊まって行くか？」

季蔵の勧めに、

「ん、おいらそのつもり。おっかあにもそう言ってある」

三吉は頷いた。すでに瞼《まぶた》が垂れ下がってきている。

季蔵は小上がりに布団を延べて枕《まくら》を並べた。三吉も心労が祟《たた》ったのだろう、すぐに往復鼾《いびき》を掻き始めた。

——やられたな——

季蔵の方は烏谷と杉乃の様子がついつい気になって心を占めた。そのせいもあってなかなか寝つかれなかった。

八

「よかった。卵、まだ残ってたんだ。季蔵さん、昨日全部使わずに残しといたんだね。何と言っても卵があれば力がつくもん」

翌朝は炊きたての飯に割りほぐした卵をかけて、好みの煎り酒で食す卵かけ飯を、珍しく先に起き出した三吉が拵えてくれた。

「季蔵さんはよーく寝てたけど、なーんか、おいらは気が張っててさ、全然眠れなかったよ。大丈夫かな、おいらヘマしたりしないかな？」

三吉は真顔で案じ、

「そうだったのか、まあ、おまえは俺より若いから大丈夫、大丈夫」

鼾に悩まされた季蔵は笑いを嚙《か》み殺した。

二人は昨日と同じ段取りで、大八車を押しながら武家屋敷と見間違う俄か料亭へと向かう。

「女の人たち、二人とも季蔵さんのことちらちら見てたよね」

「そうだったかな」

「垢《あか》ぬけてはいるけどおいら、杉乃って女《ひと》は苦手。けど、お佳代様は可愛くて綺麗だったよね。小町娘や茶屋娘、錦絵《にしきえ》に描かれる美人たち、この江戸の美人をありったけ集めたってあれほどの女はいないよ。いるんだね、羽州の田舎《いなか》にもあそこまでの女が——」

「三田家と言えば商人ながらたいした豪商だからな。ほぼお姫様に近い暮らしぶりなのだろう」

「お姫様って手の指とか太いもの？　お佳代様の手、丸っこくて小さいけど結構指は節があって太いんだよね。長屋のおばさんたちにもよく似た手のおばさんが居て、おいら、結構親しみを感じた。冬場になると荒れてあかぎれやしもやけだらけになって、可哀想《かわいそう》なんだけどさ。あれって生まれつきだったんだね、だって、ほぼお姫様のお佳代様が水仕事なんてするわけないもん」

──指の節くれだちは生まれつきではない──

季蔵は思わず自分の節くれだった五本の指を見た。しかし、まさか──

──お佳代様の手までは気がつかなかった、しかし、まさか──

「杉乃さんの手はどうだった？」

季蔵はさりげなく訊いた。

「あのおばさん、狐《きつね》みたいなそこそこ美人顔でしょ。顔と手が同じ。そこそこ大きな手で長くて節のない指がすらっと細くて、まあ綺麗な手。三田家みたいなとこだと、あのおばさんほどの奉公人になると掃除とか洗濯とか、菜っ葉洗いとかの仕事はしないんだよね。ずるけて酒ばかり飲んでるのかな」

──ここは三吉にそう思わせておいた方がいいだろう──

「なるほどな」

季蔵は相づちを打った。

「それとさ、おいら、あの弥助って男《ひと》、偉いと思うよ。お佳代様は光り輝いちゃってるし、杉乃のおばさんだってまあそこそこでしょ、そんな二人と一緒にずーっと旅してきて、これからもなんでしょ。お佳代様を、まあ、好みもあるとして、どっちかを好きで好きでたまんなくなっちゃうんじゃない？」

──弥助さんは黙々と箸を動かしているだけに見えたが──

「弥助さんにとっては役目だろうから。ところでおまえは弥助さんをどう見た？」

「よくわかんない男」

「よくわからないとは？」

「料理の味もお佳代様、杉乃のおばさん、お奉行様、季蔵さんやおいらのことも、もうどうでもいいようでいて、そうでもなくて。ぼーっとしてるようでよーくいろんなこと見てるみたいで。杉乃のおばさんの煩《うるさ》さに綿で耳栓してんのかも。おいら、今日、耳の辺りを見てみようっと――」

三吉はお道化た物言いでこの話を終わらせた。

「懲りずによくおいでくださった」

この日も烏谷は恭しく三人を出迎えた。

「昨日の神宮虹菓子が素晴らしかったので、今日はどれだけ美味しい逸品がいただけるだろうかと期待していますよ」

客間におさまった杉乃は満面の笑みで季蔵たちに対した。

「羽州をお発《た》ちになってから三十日以上、旅の空をご覧になっていることでしょうから、本日は少々、なつかしく思われているはずの故郷の味を召し上がっていただくことにいたしましょう」

季蔵はそう言い置いて、小茄子の漬物、むき蕎麦《そば》汁山葵添え、おかやつめ（牛蒡の田楽）、茗荷《みょうが》の田楽、夏烏賊のくるみ和えまでを一気に供した。

「まあ、小茄子も夏烏賊も、おかやつめまであるのですね。何となつかしいこと」

ぱっと顔を輝かせて箸を手にしたのはお佳代であった。

「どんなにか、この味をいただきたかったか——夢に見るほどでした」

杉乃の方はむき蕎麦汁山葵添えを一口啜《すす》って箸を置いた。

「昨日、いただきすぎたようです」

季蔵は弥助の方を見ていた。昨日に比べて弥助の食べ方は荒っぽく、口に放《ほう》り込むようにして小茄子や夏烏賊、田楽類を食している。むき蕎麦汁山葵添えは盃の酒を呷《あお》った後、啜り込むようにして椀《わん》を空にした。

「明後日には江戸を発たれて東海道を伊勢へと向かわれると聞いています。どれほど江戸土産を買われましたか？」

烏谷は一箸、一箸、故郷の素朴な味を楽しんでいるお佳代に訊いた。

「江戸でもとめれば上質の硯《すずり》や扇子も、値が故郷ほどではないので助かりました。あと身内に頼まれていた、俳諧《はいかい》指南書や謡本《うたいぼん》など、滅多に手に入らない書物も頼むことができました」

「まさか、それだけではないはず」

烏谷はにこにこと笑い続けているがその目は笑っていない。

「お嬢様」

杉乃が呆れ声を出した。

「お嬢様はお隠しになりたいでしょうけれど、お嬢様御自身のものも、あれこれ買われたではありませんか？　親戚《しんせき》縁者、奉公人たちにも配らなければなりませんし、今、お嬢様がおっしゃった程度の土産で足りるわけもないのです。お奉行様にはそれがおわかりなのですよ。豪商三田家がこの江戸でどれだけお買い求めになったかは、きっとお奉行様はお役目で記されるか、上のお方にお報《しら》せになられるのでしょう？」

この言葉に、

「全くその通り」

烏谷が大きな目を剝いて頷くと、

「それではお嬢様に代わってわたしが申しあげます」

杉乃がかって出て、

「少しお待ちください」

季蔵は慌てて手控帖《てびかえちょう》を取り出して小ぶりの筆を握った。

「女物は髪を結うのに使う髪括《かみくく》り百枚、かもじ七個、足袋《たび》十足、男女を問わぬものに、さし傘十本、大きな壺《つぼ》入りの茶五個、箸二百膳、北斎《ほくさい》等の浮世絵二十枚、剣術に凝っている厄介叔父に頼まれていた脇差《わきざし》一本、ここまでは土産物です」

「こ、こんなに買って持って歩けないんじゃ――」

居合わせていた三吉が仰天すると、

「人に頼んで届けさせますからご心配なく」

杉乃はさらりと言ってのけて、

「さて、次は呉服屋での買い物です。真岡《もおか》木綿の反物十反、結城縞《ゆうきじま》木綿の反物十反、合わせて二十反、これらは三田家に奉公している女たちのお仕着せです。お嬢様のものは越後屋《えちごや》、松坂屋《まつざかや》、白木屋《しろきや》、えびす屋《や》、大丸《だいまる》などの呉服屋をさんざん廻って、このわたしがこれぞという、現金掛値なしの友禅を五反お見立てしました。店主に掛け合って、注文流れの品を奥から出させたのです。秋の紅葉、江戸菊、冬の雪中花（水仙）、春の桜、雛段《ひなだん》、夏の紫陽花《あじさい》の絵柄です。故郷に居てはとても目にすることのない上物です。これらを安値でもとめられただけで、江戸に立ち寄った甲斐《かい》は充分ありました。これらは汚れたりしないよう、多少多く運び賃を払っても慎重に届けてくれる者に頼みました。そうそう、それから上屋敷でお世話になった御女中頭の松枝《まつがえ》様には、白絹の反物を二反お礼にさしあげました」

淀《よど》みなく続けた。

その間、季蔵は休みなく筆を動かしていて、烏谷は、

「あなた様ほどのお方なら、さぞかし映えることでしょうな」

まじまじとお佳代を見つめた。

この時、やっと筆を止めることが出来た季蔵には、気のせいか、烏谷のその目は箸を持つお佳代の手にも注がれているような気がした。

土産に笹巻きと味噌もちを渡すと、

「うれしいっ、わたしどちらも亡くなった母に作り方を教わったんですよ。手伝うのが楽

しくて楽しくて。母がわたしの旅を守ってくれている気がします」

　お佳代は涙目になり、

「亡くなった三田家のお内儀さんはとにかく、お子様想いで人任せにするのがお嫌いで、お姑《しゆうとめ》さんと反りが合わなかったほどだと聞いています。やはり、お嬢様同様、とてもお心のお優しいお方だったとも――」

　杉乃もまた片袖《かたそで》で目頭を押さえた。

「ありがとうございます」

　弥助は礼を言って、深々と頭を下げると、三人分の笹巻きと味噌もちを風呂敷《ふろしき》に包んで背中に背負った。

九

「ご苦労」

　珍しく烏谷に礼を言われた後、季蔵たちは塩梅屋へと戻った。

「今日はもういいぞ、よくやってくれた、帰って休め」

　季蔵は三吉を帰した後、浅草茅町《あさくさかやちよう》の島屋三右衛門の店へと向かった。

　いつだったか、

「江戸の闇《やみ》を牛耳《ぎゆうじ》っていた虎翁《とらおう》を覚えているだろう？　あれほど長きに渉《わた》って闇に君臨した奴はいなかった。ああ見えて虎翁も元は士分だったと聞いているが、これからは身分に関わりなく、金の力と相まって、血で血を洗う闘いの挙げ句、闇の長が決まることだろう。気がついてみると、香具師の元締めが闇の仕切り人になっているかもしれぬぞ」

虎翁とつきあいのあった烏谷が洩らしていたことがあった。

香具師の事始めは歯抜きをしていた辻《つじ》医者や、軽業や物真似《ものまね》芸、蛇遣い芸、独楽廻《こままわ》し等の客寄せ、丸薬や鬢付《びんつ》け油等を作って売る露天商であった。そして、これらの仕事に就いている者たちは人別帳《にんべつちょう》に記載のない無宿人たちであった。香具師たちを束ねる香具師の元締めもまた、どんなに金と力があろうと無宿人なのだった。

「これはちと悔しかろうな。行きかう人たち相手に、大道芸の居合抜きで歯を抜いて見せたり、蝦蟇《がま》の油を売っているだろうがそれだけではない。香具師といえば大道芸人や露店を目に浮かべるのが常だが、実は大昔から人の世と命の助けになっている。丸薬、散薬、丹薬、膏薬《こうやく》、煎《せん》じ薬、艾《もぐさ》などの薬を幅広く扱って、薬種屋と医者の仲立ちをしてきたのも香具師たちなのだ。中には知識のない薬種屋や藪《やぶ》医者に代わって、調合を引き受けて来た者もいただろうに。薬種屋や医者が陽《ひ》の差す明るい道を歩いてきたのだとしたら、香具師たちはずっと夜道を歩かされて今に至っているのだ」

烏谷はそんな話もしてくれて、

「どうやら、当初は歯抜きが目的だった居合抜きや按摩《あんま》治療と膏薬売りの辻医者、その日限りの薬売り、施し治療、艾治療等の加療が、人を笑わせて客寄せする薬売りとなり、さらにお笑い芸の見世物、独楽廻し、軽業、曲鞠《きょくまり》、その他諸々《もろもろ》の見世物と変わっていき、いい稼ぎになったゆえの扱いなのだろうな。まあ考えてみれば医療や薬に長じている者の数は香具師たちの中にもそうは多くなかっただろうから、これは仕方のない成り行きだったのかもしれない。お笑い芸や見世物が人気をとってきたからこそ、香具師という集まりも大きくなることが出来たのだろうしな」

と締め括った。

季蔵は島屋三右衛門の店の前に立っていた。幸いなことに夏の空はまだ暮れきってはいなかった。灯《あか》りの用意をして来なかったことに気づいた季蔵は、

――よかった、でも早くしなければ――

「御免ください」

声を掛けて店の中へと入った。

予期していた通り、返ってくる言葉はなく、がらんとした店の中にあるのは大きな賓頭《びんず》盧《る》尊《そん》一体だけであった。賓頭盧尊は人々の病を癒《いや》すべく、現世に止《とど》まる使命を託された釈《しゃ》迦《か》の弟子の一人である。おびんずる様、なで仏とも言われていて、おびんずる様の体の、自分が病んでいるのと同じ箇所を撫《な》でつけると治癒させてくれると言われている。

季蔵は撫でる代わりにこんこんと軽くこれを叩いてみた。木製に見せてはいるが張り子であることがわかり、おしんに売るように指示した、へんば餅のことを思い起こした。

――幾らで売っていたかはわからないが、おびんずる様まで張り子にして儲けようとしていたとは――

呆れつつ、店の隣にある土蔵を確かめることにした。土蔵はすでに錠前が外されていた。扉から入ると薬草とも香草ともつかない湿った匂いがぷんと鼻を突いた。しかし、そこにあるのは、売れ残ったか張り子であることが見破られたかした、店にあったのと同じ賓頭盧尊数個だけで、他には長持一つ無かった。完全に誰かが持ち去っている。

——あの世の三右衛門には得心できぬことだろうが、金目のものは根こそぎ移されていて、香具師の元締めの後は引き継がれている——

季蔵は店に戻ると奥へと入り、束ねていた香具師たちが寝泊まりしていたと思われる、鰻の寝床のような四畳半ほどの粗末な部屋の障子を開け閉めしつつ進んだ。

行き着いたのはゆったりと広く、畳も新しく、天井に極彩色の極楽絵図が描かれていて、床の間と縁側があって庭が見渡せる部屋だった。ここが三右衛門の起居していた場所だと季蔵は確信した。

部屋には大きな丸火鉢と紫檀《したん》の文机《ふづくえ》、桐簞笥《きりだんす》、裃《かみしも》が掛けられている衣桁《いこう》があった。丸火鉢からは灰が畳に飛び散り、桐簞笥の引き出しという引き出しが空になっていた。

——火鉢の灰の中までくまなく探したのだろう。おそらく、大切にしまわれていて奪われたのは、香具師たちの間で取り交わされる証文だな——

きらっと中ほどの引き出しの奥が光った。顔を近づけてみると金箔の切片だとわかった。これを持ち合わせている懐紙に包んで懐に入れた。

裃はやや色褪《いろあ》せているものの、薄藍色に染められた高価そうな小紋地であった。鯨《くじら》の髭《ひげ》を入れて肩先を強く張らせた家紋入りの肩衣《かたぎぬ》と切袴《きりばかま》は、上下《かみしも》と称され、主家の主《あるじ》とのお目見えが許される身分を示すものでもある。鷲尾家に仕えていた頃、季蔵も裃を身につけて新年の挨拶等に出向いたことが何度かあった。

——三右衛門は常にこのような裃を飾って眺めていたことになる。それはいったいなにゆえだったのか？——

季蔵は衣桁からこの裃を外して畳むために屈《かが》みこんだ。ふと寝間との間を仕切っている竜宮城が描かれた襖《ふすま》が目に入った。違和感がある。襖の唐紙が分厚く盛り上がっていることに気がついて、裃を畳み終えると立ち上がり、近づいてそっと撫でてみた。やはり思った通りだった。

持ち歩いている小刀を使った。竜宮城の乙姫《おとひめ》や魚たち、浦島太郎《うらしまたろう》を悉《ことごと》く引き裂くと何やら細長い紙の束がごっそりと出てきた。並べた上に派手な唐紙が貼《は》られていたのだ。紙の束にはさまざまな人の名と各々異なる金子の額が書かれている古いものもあれば、一両、五両、十両、二十両等と書かれている、比較的新しいものも見受けられた。

季蔵はこれらをまとめて横抱きにすると、三右衛門の部屋を出ようとして、紫檀の文机の前に置かれている座布団が薄すぎることにも気がついた。念のため、小刀で座布団の布を裂いてみると、綴《と》じた紙の束だった。

〝高力真之介《こうりきしんのすけ》大江戸食番付日記〟と書かれている。中を開くと、八はいとうふ三十両、きんぴらごぼう二十両、こぶあぶらげ十五両、にまめ十両、焼きとうふ五両、ひじき白あえ三両等、菜の下に必ず値がつけられていた。

――そこらの煮売り屋でも売られている菜にこんな高値をつけている理由《わけ》はわからない。けれども、高力真之介様の食日記がこのようなところに隠されているということは――

季蔵は破れ寺の墓穴から見つかった古い骸《むくろ》が握りしめていた、高力真之介のものと思われる笹の葉といぐさひもを思い出していた。

――森山主水様を演じていた澪様は江戸の闇を生き抜くために、島屋三右衛門と繋《つな》がっていたと書き残していた。あの破れ寺と墓穴は三右衛門の子分たちが高力様を殺して埋めたところだったのだ。澪様はお伊勢参り人気で大儲けしようと企《たく》んでいた、三右衛門の目論みに加担する羽目になった。それで食い逃げや盗みをおかげ参りと称して切り抜ける、呆れた騒動を起こす連中たちの隠れ家にあの破れ寺を使っていたのだ。それもあって、仲間の裏切り者たちが澪様を材木の下敷きにして殺したとわかった後、心ある手下たちが骸を供養するべく、あそこへ澪様を葬ろうとしたのだろう。澪様と高力真之介様、各々の骸が一つの墓穴に――。澪様も高力真之介様もわたしの存じ寄りの者ではある。だが、果たしてこの事実にそれ以外の因縁《いんねん》などあるものなのだろうか？――

季蔵は生きていた時の二人を思い浮かべて胸が詰まった。

三右衛門の店を出た。外には夏の夜特有のねっとりした暑さと湿気を含んだ闇が広がっている。

さらに何ともたまらない気がして季蔵は裃と紙の束、〝高力真之介大江戸食番付日記〞

を抱えながらもやみくもに走った。

塩梅屋が近くなってきたその時、待ち受けていた様子の侍が三人、季蔵の前に立ちはだかった。

──やはり、来たか──

澪は鷲尾家の窮迫事情に変化がもたらされない限り、その目くらましとして、堀田季之助出奔の不忠義を責め続けるだろうとも記していた。家臣たちの間で堀田季之助始末の機運が高まっている。

崩し落とした材木は季蔵ではなく、澪が演じる森山を狙《ねら》ったものだったが今、こうして取り囲み、刀を抜こうとしている輩《やから》は鷲尾家の若い家臣たちに違いなかった。その証《あかし》に季蔵を照らし出している中間《ちゅうげん》の一人が持つ提灯《ちょうちん》には鷲尾の家紋がくっきりと描かれている。

──これはもう、無理だ──

季蔵は立往生している。小刀一つのほぼ徒手空拳ではとても迎え討てるものではない。

──いつか、こんな時が来るような気はしていた──

それでいて、三右衛門の店から持ってきた裃等の荷物を投げ出す気にはなれなかった。

「堀田季之助、覚悟」

鋭い一声と共に三人の抜いた白刃が季蔵に迫った。

その時であった。

「待たれよ、各々方」

野太い大声がずしんと響いた。

「わしは北町奉行鳥谷椋十郎である。今の御当主影光《かげみつ》様や家臣の酒井様だけではなく、先の影親様に可愛がられ、仏門に入られた瑞千院様とも懇意にしていただいておる。どうかお見知りおきいただきたい。そして、この者は堀田季之助などではない。ただの料理人にすぎぬ。どうか人違いをなさらぬよう。それと、この者の命はこのわしが預かりおくと、酒井様にお報せなされ。今は刀を納めて退かれるがよい」

続いた鳥谷の言は、この場に大風が吹いて地面までもが大揺れしたかのような迫力だった。

血気にはやった若い家臣たちは返す言葉もなく、一斉に刀を納めると一目散に走り去った。

十

「危ないところだったな」

鳥谷の言葉に季蔵は黙って頭《こうべ》を垂れた。

「そちには少し前に命を救われたからな。これはその返しだ。それにそちの動きはおおよそ読めていたので、島屋三右衛門のところへ行き、目ぼしいものを摑《つか》んでくるはずだと思って、ここで待っていたというわけだ。まさか先客が三人もいるとまでは思ってはいなかったがな」

烏谷は季蔵が抱きかかえるようにしている品々を眺めて、

「やはりな。いろいろ面白い代物を持ってきてくれたようだ。離れでゆっくり披見するとしよう。仏になっている長次郎もさぞかし面白がることだろう」

にやりと笑い、

「待ちくたびれて腹が空いたぞ。腹の虫が鳴いている。よしよし、文句は言わぬゆえ、何か食わせてくれ」

大袈裟に突き出た腹の辺りをさすって見せた。

季蔵は離れに落ち着いた烏谷に、三右衛門の部屋から持ち出してきた裃、紙の束、〝高力真之介大江戸食番付日記〟を渡して、飾られていた裃以外は隠されていた事を伝えた。

引き出された簞笥が空なのは、しまわれていたのが証文の類でこれらはすべて、三右衛門の後釜《あとがま》を狙う者に奪われたのではないかという推測も言い添えた。

――わたしには何が何やらさっぱりわからぬが、千里眼にして地獄耳のお奉行には見当がついておられるのやもしれぬ――

季蔵は烏谷が離れで披見している間に、あり合わせで〝高力真之介大江戸食番付日記〟が三十両という、最高値をつけた八はいとうふを拵えた。

豆腐をうどんぐらいの太さに細長く切って、酒、醬油で味つけした鰹節の出汁で温め、葛《くず》でとろみをつけて仕上げるのが八はい豆腐である。簡単な上に好き嫌いがほとんどなく、葛のとろみで結構な食べ応えもある安価な菜であった。冬場は出来たてのあつあつが好ま

しいが、夏場は醬油味のとろみ餡が冷えても美味しい。烏谷は夏場でも、

「冷酒には熱い方がよい」

この八はい豆腐に限ってはあつあつが好みであった。

季蔵は出来たての八はい豆腐を離れに運んで、八はい豆腐がたっぷりと入った丼と、冷酒を満たした湯呑みの載った膳を挟んで烏谷と向かい合った。

八はい豆腐のお代わりを三回ほどと、湯呑みの冷酒を同じ杯数豪快に飲んだ後、

「まずは飾ってあったという袢から話をしよう」

烏谷は切り出した。

「そちは御師《おんし》とやらをどのくらい知っている？」

「富士山や伊勢神宮等へ参る人たちを、神が祀《まつ》られている所や寺社へと導く稼業では？　街道には御師町があって集まっているので、参詣する人たちの旅籠も兼ねているのかと思います」

「その昔は御祈禱師《おんきとうし》と呼ばれていたと言う。よく知られているのは熊野《くまの》三山の熊野御師で、この頃は身分の高い公家《くげ》たちの間で熊野詣が盛んだった。当初は参詣者と山中の案内人との間の取り交わし、頼み頼まれる個と個の繫がりであったようだ。それがあまりの人気ゆえに御師と檀那《だんな》という、恒常的な師檀の形になっていった。その後、武家が大きな勢力を得るようになると、武士、商人、百姓とさらにこの師檀の関わりは広まった。伊勢神宮・富士講・白山《はくさん》・大山《おおやま》などの御師も活躍したという。源《みなもとのよりとも》　頼朝公の御師を行ったのはあの

出雲大社《いずもたいしゃ》であったという」

「今では御師は個ではなく、参詣で人気の寺社の総称ともなったわけですね」

「そうだ。徳川の世となって、戦いがないこの二百年以上の間に、人々の寺社参りは信心だけではなく、旅ならではの遊興も加味されて、師檀の関わりは制度にまでなった。特に伊勢神宮や富士では主だった藩に檀那を持つほどだ。伊勢の御師は各地を自在に行き来して、人々が集まる伊勢講で知らない土地の見聞を聞かせたりして交友を深め、伊勢参りに訪れた際には自分の宿坊で迎え入れて、豪勢な食膳や喜ばれる土産を持たせて、至れり尽くせりのもてなしをした。そんなもてなしの一つがお出迎えだ。参詣客たちが茶屋等で待っていると、駕籠《かご》を伴って御師が迎えに行く。この時御師が着ているのがこれよ」

烏谷は畳の上に広げてある裃を指さした。

「相手の身分に関わりなく裃なのですか？」

「そうだ。継 裃《つぎかみしも》ではない」

継裃とは肩衣と切袴の色が上下で異なり、布もそう上等なものは用いない。そこそこの武士が務めをこなす時の平服であった。これでは主家への挨拶はよしとされない。

「そしてこの裃には丸山《まるやま》家の家紋がある。丸山家といえば八百軒以上ある伊勢の御師の中でも、群を抜いた檀那の数を誇っている。少なく見積もっても総じて四十万近くの檀那を持っている。伊勢での大層なもてなしにかかる金を除《の》けても、各々の土地の伊勢講からはきっちりと世話代が支払われてくるので、取りはぐれることもなく、なまじの商いは足元にも及ばぬ富裕な家だ。間口三十間（約五十五メートル）、奥行き七十間（約百三十メートル）の土地に、堂々とした長屋門から始まって、四方十四間（約二十五メートル）の常夜灯が灯《とも》る広々とした前庭、公家等の身分の高い客と庶民を分けている正面玄関と内玄関、こぢんまりはしているがやはり常夜灯がつけられているという中庭、別に出入り口がつけられていて、邸内を通らずに外に出られる、道に面している御師一家の居住場所、百二十畳の厨棟、広間と神楽殿《かぐらでん》、四、六畳の部屋が五十ほど並んでいる他に、書院造りの極上の部屋もある客室棟。まあ、こんな豪勢さだ。ここまでだと大名屋敷でもてなし、寝泊まりさせてもらったかのようで、皆、大喜びで帰って行く。このように丸山家のもてなしぶりは凄いが、他の御師たちのところと格段に差があるわけではない。三田家の杉乃が自慢げに言っていた、買った土産物を頼んで遠路まで届けさせるなど、ここでは珍しくもない。ここは神にかこつけて如何《いか》に参詣者たちを楽しませるか、まさに金の饗宴《きょうえん》さながらでもある」

「それで御師の出迎え姿は袢なのですね。ところで御師の身分は？　やはり士分なのでしょうか？」

「いや、百姓と神職の間の身分とされている」

「それではそもそも袢を着るのはおかしいのでは？」

「くわしく話したのでわかっているだろうが、上手く商っている御師は、困窮している大名家や旗本家など足元にも及ばぬほど金持ちだ。商いを大きくしようとする御師は、その職や檀那の相続や譲渡・売買を行ってきた。勢力の強い御師のもとに檀那や祈禱料《きとうりょう》などが集まるものだ。丸山家の先祖もおそらくは、そんなやり方で、押しも押されもせぬ今日を築いたのだろう」

烏谷の視線は細長い紙の束へと移った。

「これは伊勢ならではの山田羽書《やまだはがき》という紙でできている金子だ。小判等は重い。そこで権現様の世が来て後、参詣者の荷の負担を減らしてここで思う存分散財してもらうために工夫されたのだ。当初は金の額を書き込む預かり手形だったものが、時を経るに従って、他の銭同様、定めた値が書かれるようになった。そして、伊勢の御師たちは、必ずこれを行李《こうり》に入れて背負って、伊勢講を訪ねる旅をしてきた。古い山田羽書を持ち合わせているほど名家とされてきた。高力真之介と名乗っていた丸山太夫《たゆう》も倣っていたはずだ。これらを措《お》いて、自分が真の丸山太夫、伊勢一の御師だという証はないのだから」

「高力真之介様が伊勢の御師？――」

季蔵は耳を疑った。

「下山藩邸に問い合わせたが高力真之介なる者はいなかった。丸山家の当主にして御師だったこやつは少しばかり稼業に飽いていたようだ。というのは、御師は宿坊にいて参詣者たちを出迎えてもてなす仕事もあるはずなのに、こやつは一年のほとんどを各地の伊勢講に顔を出すという名目で、旅をし、とりわけこの江戸と羽州を好んでいたと聞き及んだからだ。弟が留守を守って、太夫の兄の代わりを務めていることを伊勢に問い合わせて聞いた。丸山家の者たちの中には高力真之介名で書き溜められた食日記を見た者もいる。三十両、二十両と料理にはふさわしくない値を書き込むのは、こやつ一流の道化ぶりで、丸山家ならではの決して安くない祈禱料に倣ったのではないかとも聞いた。その値を目にした島屋三右衛門はこれは山田羽書と同じか、それ以上の伊勢一の御師の証だと思い込んで隠しもしたのだろう」

「なにゆえ高力真之介様こと丸山太夫は、あの穴の中で骸になり果てていたのでしょう？　おそらく島屋の仕業でしょうが——」

「丸山太夫が手にしている丸山御師の職と厖大《ぼうだい》な檀那を我が物とするためであったろう、これは断言できる」

　烏谷は言い切った。

「しかし、仮に三右衛門が高力真之介様からこれらを奪い取ったとして、香具師の元締めとして知られている三右衛門が、伊勢一の御師だとは名乗れるものではないでしょう？」

「江戸市中では何とかなる。前にわしは御師に会ったことがあって、向こうで出す料理膳のことなど教えてもらったと言ったことがあろう？　裃も着けておらず、名もあえて名乗らず、その上、山田羽書を見たわけでもないので、あの時の御師が本物であった証はない。老中や遠国《おんごく》奉行の一人山田奉行が同じ席にいたにもかかわらず——」

　遠国奉行は、江戸以外の幕府直轄領のうち重要な場所の政務をとりあつかった奉行であった。山田奉行は伊勢を取り仕切っていた。

「どういうことです？」

季蔵は声を尖《とが》らせた。

「遠国方は秘しているが、江戸にも御師は何人かいる。講を絶やさないために、遠い地方まで出かけていくというのに、人が大勢居るこの江戸にその役目がないはずはあるまい。ただし、誰にするかは山田奉行が決める。窮しているお上にとって山田の伊勢は頼りになるゆえな。江戸の伊勢講は地方と異なり、御師が訪ね歩かずとも廻っていく。だから、江戸の御師たちの役目は江戸に居続けて、伊勢からの上がりを山田奉行を経てお上に上納させる、ほとんど姿を見せぬお目付役だ。遠国方にとっては上納金さえ滞らなければ、誰が御師でもかまわない。おそらく何人かの一人に三右衛門がなり替わっていてもな。本物の丸山太夫の時より、三右衛門が後ろめたい分、多く上納させられるとほくそ笑んだかもしれぬ。そして、老境まぢかの三右衛門は是非ともこれになりたかったのだろう。御師は百姓と神職の間の身分だ。死ぬまで縁はないものと思っていた裃を、山田羽書や〝高力真之介大江戸食番付日記〟と一緒に、丸山太夫を殺して奪った時から、着る機会が来るのを楽しみにしていたことだろう――。遠国方や老中はたいそう用心深く狡猾《こうかつ》で人好《ひとよ》しでもない。だから、そんな時は決して来るまいと思われるのだが――」

そこで一度烏谷は言葉を切って、相手の心を見透かすかのごとく射るような目を季蔵に向けた。

「そちは今、三右衛門殺しは、遠国方か山田奉行が、老中の命を受けて指示した者の仕業だと思っている顔をしている。違う、違う。上はそれほど愚かではない。当分は三右衛門の演じる丸山太夫を介して、上納金が大幅に増えたと喜んでいたはずだ。いずれ口封じはしたかもしれぬが、今はその潮時ではなかった」

十一

――たしかにその通りかもしれないが――

「まだ、お見せしていませんでしたがこれもございました」

季蔵は懐紙を開いて、三右衛門の部屋の簞笥の引き出しから拾った金箔の切片を見せた。

「こちらはわたし宛《あ》てに届けられてきた金箔です」

季蔵は仏壇の中から長次郎が遺《のこ》した日記を取り出して開いた。その箇所には届けられてきて、まだ残っていた金箔一枚が挟まれていた。

――思えば全《すべ》ての始まりはこの金箔からだった――

「三右衛門のところの切片と比べました。どちらも金だけで出来ていて眩《まばゆ》いばかりです。食用の金箔ですね」

金箔の使い途《みち》は大名家の調度品や名刹《めいさつ》と言われている寺社の仏具、贅沢な屏風絵《びょうぶえ》や螺鈿《らでん》細工、着物、帯、髪飾り等である。権現徳川家康が眠る日光の東照宮《とうしょうぐう》にも多量の金箔が使われている。これらの金箔は固さを加えるために、微量の銀と銅が用いられていた。

一方、菓子や酒に見た目の豪華さを添えるための食用金箔は純金であり、その柔らかさも持ち味となっている。

「金箔といえば加賀《かが》の前田《まえだ》家のお家芸だ。前田家はこの金箔製造を担い続けてきたからこそ、外様ながら改易もなく、加賀百万石を保ってきたのだとも言える。初夏にたいそうな手間をかけて、前田家が氷室《ひむろ》の氷を将軍家まで運んで忠義を示してきたのも、この金箔とあながち無縁ではなかろうよ。何しろ、金箔は御禁制であるのに、前田家だけがお上の命により、幕領である金山から運ばれてくる金を箔にすることを許されてきたのだからな。この工程はるつぼで金と銀、銅を合わせる金合わせから始まり、ざっと延ばす延金《のべがね》、紙のように打ち延ばす澄打《ずみう》ち、裁断する仕立てとあって大変な技が要る。こうして作られた金箔はお上が特定の商人を通して、金箔を必要としている者たちに売るのだがもちろん全部ではない。どのくらい抜けるものなのかは知る由もないが、工賃代わりという名目で前田家にも取り分はある。ただしこれは公然の秘密とやらで公にはされてこなかった」

「闇の商いですね」

「闇の商いは闇の商人が仕切るものだ」

「それで三右衛門が――」

「もちろん、前田家の取り分の全部ではあり得ない。また、闇は必ずしも身分の低い者に仕切られてはいない。ただし、紛れ込む余地はある。島屋三右衛門もその一人だったろう。たとえ無宿人の香具師の元締めであっても、食用の金箔程度の商いなら得ることができたのだろう」

「それを澪様が譲るよう頼んだのですね。わたしへ送られてきた純金の金箔はあの方の死を賭した決意と、鷲尾家への忠義の証だったのでしょう。しかし、ならば嘉月屋さんを名乗らずともよろしかったものを――」

季蔵は首を傾げた。

「食用の金箔を届けたのはそちが料理人になっていると知ってのことだろう。嘉月屋がそちと親しいということもわかっていた。滅多に手に入らない食用の金箔で、さらに料理の腕を磨いてほしいという気持ちではないかな。そちを巻き添えにしてしまう詫びも兼ねていたように思うが、まだある――」

そこで烏谷はじっと季蔵の顔を見据えて、

「澪はそちがわしの配下にあることも調べ済みだったはずだ」

季蔵の言葉を待った。

「まさか、あのお方はわたしがいずれ、金箔の出処《でどころ》である三右衛門へ行き着くことを知っていた？」

「その通り。自分の死に場所が見えたあやつは、その後、三右衛門がどう動くかもわかっていたのだ」

「高力真之介様ならぬ丸山太夫様を亡き者にして、まんまと伊勢一の御師になり替わった三右衛門は、伊勢までの東海道の名物料理で大儲けしようとして、お奉行様に持ちかけていたのでしょう？」

「まあ、それもある」

「その上何を望んだというのです？」

「人の欲とは限りないものよ」

烏谷は金箔に目を凝らした。

「この商いで三右衛門は昇り竜になった。そして、この手の商いはまだまだ数多くある。香具師が扱う薬種の数もまた限りない」

「三右衛門は薬でも大儲けを狙っていたと？」

「お上には商人に任せていない薬もある。お上の借金は嵩《かさ》む一方だが、そのために大局を見失うようなことはない。お上は儲けを嵩上げしたいのではない。痛み止めだけに用いないと溺《おぼ》れる者が多数出てくる、ある薬の売買を見張ろうとしているのだ」

「その薬というのは阿芙蓉《あふよう》（阿片）ですね」

季蔵の声がやや震えた。

地方で強力な痛み止めである阿芙蓉を採るために、ケシの栽培が行われていることは客の医者から聞いて知っていた。

「大怪我《おおけが》をした者の傷を縫合する時とか、手の施しようのない患者の末期を安らかにしてやるには、打ってつけの薬なのだ。何でも痛みが引くだけではなく、極楽の蓮池や天女が見えたりするそうだ。しかし、蓮池や天女に釣られて日々使うと、中毒に陥って、量が増えるだけではなく、人が人でなくなる。暴れまわったり、いい若い者が死ぬまで虚《うつ》けたりと酷《ひど》い始末になる。値が高すぎて必要な時に手元にないこともある。多少安くなればと願わないでもないが、そうなると、益々《ますます》中毒になる者は増えるだろう。使うべき患者にこそ使いたいのが阿芙蓉という薬なのだ」

医者はそう話していた。

「阿芙蓉売買には道理をわきまえた者こそふさわしいとわしは思っている」

烏谷の言葉に、

「三右衛門のような者が、阿芙蓉売買を手掛けるのはまずいのではありませんか？」

季蔵は憤怒の面持ちで同調した。

「もちろんだ。お上は先の当主影親様が遠国方首座の長崎《ながさき》奉行の職にありながら、たいした潔癖さで、社交以上の過剰な賄賂《わいろ》を拒んで来られたことを高く買っておられる。これには異国から持ち込まれようとした、阿芙蓉の厳しい取り締まりも含まれる。一方、異国の阿芙蓉は効き目が強い。正しく施療に使えば救われる者は多いゆえ、一年前、異国の阿芙蓉を入れることが医事方で決まった。お上は影親様の偉業を認めて、阿芙蓉売買の仲介を鷲尾家に一任する方針で来た」

そこで一度烏谷は言葉を切った。

「そうでしたか」

季蔵は澪が遺した文の言葉を思い出していた。鷲尾家は必ず窮状から救われると言い切っていたのだ――。

——この先、医事方の指示の下に阿芙蓉売買に関われれば、鷲尾家の内証は安定する。しかし、そうとわかっていて、なぜ断言した文言ではなかったのか?——

烏谷は先を続ける。

「異国からの阿芙蓉の仕入れは長崎ではなく酒田と決められた。長崎にも江戸に負けず劣らずの闇はある。物品と金子が飛び交うところゆえ、むしろ広く深いかもしれぬ。かの地の香具師たちが動いて、横槍《よこやり》や横取りが入ると案じたのだ。モノがモノだけにまさに砂糖にたかる蟻《あり》と同じだ。この話が浮上して本決まりになるまでの何年もの間、医事方は用心に次ぐ用心を重ねた。当世の医事方はたいしたものだったとわしは感心している。荷揚げされた阿芙蓉を受け取り、江戸へと運ぶ役目を担うことになったのは下山藩なのだが、横流しなど決して行えぬよう、ずっと国許《くにもと》の動向を医事方の忍びに見張らせ続けた」

「もしやあの下山藩上屋敷勤めの中間弥助さんでは?」

「羽州の百姓だった本物の弥助は中間に選ばれて、下山藩上屋敷に着く前に旅籠で急な病に罹《かか》った。そんな弥助を助けたのが尾行ていた、たいして年齢の変わらない医事方の忍びだった。その者は、命が助かったら医術の道に行きたいと、弥助が望むように仕向けて弥助と入れ替わった。あの弥助は医術と聞き耳の両方を重ね持つ忍びなのだ。男女を問わず、人の顔は子どもから大人になる年頃になるとがらりと変わる。弥助ではない弥助があの二人を迎えに帰ってきても、誰一人弥助ではないと気がつかなかったろう」

「もとより、あの二人の目的は江戸見物やお伊勢参りを含む遊興ではなかったのですね」

「そのふりはしているがわしは違うと睨《にら》んだ。お上と異国の間に正規の阿芙蓉売買の道が開く前に、横流しの道をつけるべく、国許から言いつかってきたものと思われる。豪商の娘と称する女とそのお付きの豪華な女二人旅に、秘されている悪事があるとは誰も思わぬであろうからな」

「それでお奉行はあのような宴を設けられたのですね。弥助さんは何も知らされていなかったのでしょう?」

「そうだ。弥助が知っていたら医事方に伝わっていたはずだからな。弥助はただ、豪商三田家の娘が江戸見物をしたいというから、迎えに行くようにと言われただけだった。それゆえ、わしもここまで手の込んだ宴を張る羽目になったのだ。そち、あの二人の女に不審は感じなかったか? わしは豪商の娘よりも供をしている女の方が節がなく、細い指をしていたのが気になったぞ。お佳代の指は働き続けた女のもので、杉乃の方は扇子しか持ったことのない、生まれてからこの方、全く苦労を知らない姫君のような手だった」

烏谷の指摘に、

「わたしにはお奉行様が話しかけた時、お佳代さんが詰まるとすぐに杉乃さんが助けていたのが不自然に見えました。お佳代さんより、杉乃さんの方が伸び伸びしていて闊達《かったつ》、まるで立場が逆のように感じられたことも――」

季蔵も頷いた。

十二

「阿芙蓉の横流しが目的であの二人が市中に送り込まれてきたのなら、横流し用の阿芙蓉は誰がどうやって届けるのです？」

「異国の阿芙蓉は白い粉に作られていると聞いた。粉ならば袋に入れて、いくらでも女二人の旅装束に紛れ込ませることもできようぞ」

「どこで取り引きを？」

「それは町奉行所がみだりに立ち入れぬこともあって、どこよりも安全な下山藩の上屋敷に間違いはなかろうよ。相手は三右衛門亡き後、店から金目のものを悉《ことごと》く盗み出して、香具師の元締めを引き継いだと断言したに等しい奴だろうが」

「そやつが三右衛門を手に掛けたと？」

「まず、間違いはあるまい」

そこで烏谷は畳の縁《へり》を蹴《け》るようにして立ち上がった。

「行くぞ、下山藩上屋敷へ。すでに大目付殿からの書状を預かっているゆえ堂々と乗り込める」

烏谷は膨らんで見える襟元を押さえた。季蔵もついて行く。

「出来れば大きな揉《も》め事にせず、三右衛門の後釜と手下だけを引っ括りたい。そう出来なければこれほど苦労した甲斐がない」

「わかります」

「下山藩といえば冷害に見舞われやすい羽州にあっても、餓死者の供養塔の数では他藩を圧倒している。三田家が牛耳る酒田がすぐ目と鼻の先だというのにな。酒田に隣接する幾つかの藩の中で下山藩が選ばれたのは、餓死もまた、病であるという医事方の考えによるものでもある。取り潰《つぶ》しにでもなればせっかくの配慮が無に帰する。他藩に阿芙蓉運搬の利権が移れば、変わらず領民たちは飢えに悩まされ続けることになるからな」

「急ぎましょう」

自分から言い出して走り出した季蔵ではあったが、ある疑問が稲妻のように脳裡をよぎった。

——三右衛門を殺した下手人が金目の金箔や土蔵の薬を根こそぎ、盗っていったのはわかる。屛風や座布団に隠してあった山田羽書や〝高力真之介大江戸食番付日記〟に気がつかなかったのもおかしくはない。だが、飾ってあった裃をそのままにしておいたのはなぜだろう？　あれだけの裃は安価ではないし、三右衛門の後釜に座るためには、仲間たちに丸山御師の職も継いだことを知らしめる必要があったのではないか？　そのためには無宿人では身につけられない裃が錦《にしき》の御旗《みはた》になるはずでは？　なにゆえ、丸山太夫の後釜の証でもある品を捨て置いていったのか？　そしてあれだけ湯屋と世間を賑わせた、〝東海道中美味いもの噺〟の芸人が煙のように消えた理由とは？　化け屋に出入りしていたという芸人は、今回の一件で何らかの役割を果たしていたはずだ——

ここで走るのを止めた季蔵は、

「下山藩上屋敷にはすでに何人かを手配されているのでしょう？」

走りに付き合って息を切らしている烏谷を振り返り、取り出した手控帖に素早く地図を描いた。

そして相手が頷いたのを見届けてから、

「どうか下山藩上屋敷へはお奉行様だけ先に行かれてください。わたしはここへ行きます」

化け屋の場所を描いた紙片を手控帖から破って渡すと、反対の方角へと力の限り走り出した。

走り通して化け屋に着いた。

——やはりな——

化け屋の一階からは薄い灯りが見えている。

季蔵は自分の息切れが洩れるのを懸念し、手拭《てぬぐ》いで口を覆って後ろ首で止めると、裏手へと廻って中での話し声に耳を傾けた。

「そろそろ鷲尾家の方がおいでになってもよろしい頃ですね」

お佳代の声が凜《りん》と響いた。

「たしかに遅いですね」

弥助が応える。

「これはおそらく罠《わな》です。逃げましょう」

奉公人にすぎない杉乃が怯《おび》えた高い声を出した。

「何の罠なのですか？」

お佳代の声は震えていない。

「わたしたちの大事なお役目を邪魔だてしたい者の仕業でしょう。島屋三右衛門が子分と一緒にここへ来て、ばっさりなんてことになりかねません。地元の香具師たちは退いてくれていたのに、突然、三右衛門が江戸から出てきて、言うことをきいて横流しに応じろと脅してきて、城代家老様が断ると城下で大暴れしたり、村に押し入ってやりたい放題、火を点《つ》けて燃やされた家もあったでしょう？　今、ここに呼び出されたのが罠だとしたら、鷲尾家の方は別のところに誘い出されていて、来ないわたしたちをお待ちになっていることでしょう。わたしたちは鷲尾家の方とお目にかかることなく、ここで殺されてしまうのです」

「それならあなたは逃げなさい。わたしはここに居ます。三右衛門の横暴や横槍を鷲尾様に申し上げるのが、わたしのお役目なのですから。弥助、おまえも逃げてよいのですよ」

お佳代は全く動じていなかった。

「わたしも残ります。それがわたしのお役目です。実はわたしは弥助ではありません。本物の弥助は医事方で医術の修業に励んでいます。わたしは医事方から正しい阿芙蓉の取引のために遣わされた者です」

弥助もまた動じなかった。

「この弥助が――」

「医事方の――」

さすがに二人の女は驚きの声を上げた。

この後しばしの沈黙が続いた後、

「仕方がないわ、わたしもここに居るしかない。江戸は大好きだもの。わたしが江戸に行くとおとっつぁんから城代家老様に申し上げると、商人の娘が云々《うんぬん》ということで、勘定方の榊原忠勝《さかきばらただかつ》様の娘杉乃さんが三田家の娘佳代として江戸に行くことになったのよね。三田家の娘は商人ながら、最期は立派だったと誰かが故郷に報せてほしいものだわ」

杉乃もやっと覚悟を決めた。

――やっぱり。二人は入れ替わっていたのだ――

この時店に近づく者の気配がした。

――三右衛門を殺して後釜に納まり、阿芙蓉の横流しまで引き継いで大儲けしようとしている極悪人だ――

季蔵は横手から店の前へと足音を忍ばせた。町人姿の男は店の中へと入ると、

「これはこれは遠路はるばるご苦労なことです。皆さん、御一緒に死出の旅へとお連れしましょう」

手にしていた鉄砲を三人に向けた。

——やはり、思った通り——

息を呑んだ季蔵はその声に聞き覚えがあった。

「誰なんです？　誰かもわからない相手に撃ち殺されるのは嫌なのよね」

本物の杉乃が勇ましく訊いた。

「名を名乗りなさい」

本物のお佳代の語勢は厳しい。

「時延ばしの命乞いですか？　まいったな、殺されたら何もわからなくなるんだから、誰に殺されたっていいじゃないですか？　ねえ」

男は弥助の方を見た。

「やっと来てくれましたね。この女たちの相手はもう退屈で大変で、うんざりしていたところだったんですよ」

弥助の無表情ががらりと変わって酷薄な笑い顔になった。

「まあ、うんざりついでにおまえから行こうか？」

男は弥助の方へ鉄砲の狙いを定めた。

「ま、まさか」

青ざめた弥助に、

「死人に口無しだ。医事方まで入り込んでくれて、長きに渉ってよくやってくれたがおまえは事情を知り過ぎている」

男は引き金に指を掛けた。

その刹那《せつな》、

「騙《だま》したな、畜生」

弥助は大声を上げた。

「な、何をする」

男の声が掠《かす》れた。

「こうなりゃ、こっちから殺《や》ってやる。皆殺しにしてあんたの代わりに俺が闇を仕切る」

鉄砲の音が響いた。

――大変だ――

店の前の茂みに隠れていた季蔵は中へと飛び込んだ。咄嗟に鉄砲の玉は壁に食い込んでいて、傷を負っている者はいないとわかった。お佳代を装っていた杉乃はみじろぎもせずにこの様子を見据え続けている。一方、杉乃のふりをしていたお佳代は目を閉じて両耳を押さえている。

極悪人はうつ伏せに引き倒されていて、弥助はまだその両足にむしゃぶりついている。弾みで落とした鉄砲の方を弥助がちらと見た。男の頭をがんがんと殴りつけておいて、鉄砲を引き寄せて拾おうとにじり寄ったのと、季蔵の片足がそれを撥《は》ね飛ばしたのとはほとんど同時だった。

外に何人かの捕り方の気配があって、戸口から烏谷がにゅうと大きな丸顔を見せた。

極悪人丸山太夫、季蔵が知っている高力真之介と、弥助が縄を打たれて曳《ひ》かれて行った。

この後丸山太夫は詮議《せんぎ》の折、

「何代も続いている伊勢の御師の職が好きになれなかった。伊勢一の御師であっても、入ってくる金をお上に上納した残りのほとんどが、広い宿坊の整備に消えてしまう。たとえ裃は着ていても、檀那ともなれば百姓連中にまでぺこぺこして愛想を言わねばつとまらない。弟に譲ると言っても親は聞く耳持たずで仕方なく続けてきた。そんな時に江戸で島屋三右衛門と出会い、人は無い物ねだりをするものだとわかった。三右衛門はわたしの身分を羨《うらや》んでいたのだ。もちろんわたしはその逆で何にもとらわれず、人殺しさえ暴かれにくい闇の長の座が羨ましくてならなかった。何より金に不自由しない。だからほどなくして、三右衛門が上の連中を抱き込めることもあって、わたしを亡き者にし、江戸の御師になろうと企んでいることがわかった。伊勢では馬鹿正直な弟がここ何年もわたしの身代わりをつとめている。こういう話も三右衛門の耳にはさぞかし、心地よく響いたことだろう。入れ替わったところでわたしの家族さえ困らないのだ」

まずは罪を犯した理由を話して、さらにすらすらと後を続けた。

「三右衛門の不覚は欲が深すぎて、自分の欲しか見られなかったせいだろう。わたしを無欲な食通ぐらいにしか見ていなかったのだ。他人の欲には全く気がついていなかった。一方わたしは三右衛門に会う前から、何かの折に役に立つだろうと、鈴鹿《すずか》山《やま》に住む忍びの若者を医事方に潜り込ませておいた。これは功を奏した。三右衛門はわたしを毒で殺そうとしたが、すでに見破っていたわたしは死んだふりをした。その実、弥助に言いつけて行き倒れて死んだばかりの骸を見つけさせて身代わりに笹の葉といぐさひもを握らせた。これで墓を暴かれてもわたしは死んだことになる。その後、折を見て弥助に三右衛門を殺させて、三右衛門がわたしを殺したのだという証をあいつの部屋にばらまいておいた。袢も山田羽書も、お上に召し上げられるとあって、今まで目の前を通り過ぎていくだけだった高値の祈禱料《きとうりよう》が癪《しやく》に障って、つい菜にも高値を書き込んでしまっていた〝高力真之介大江戸食番付日記〟ももう不要だった」

ここまでは三右衛門殺しと偽装についてだったが、最後が一番面白かったと前置いて、太夫は〆の話を始めた。

「こうして死んだことになったわたしは、〝東海道中美味いもの噺〟の語り手になって市中の湯屋を廻った。市中でもお伊勢参りと関わって東海道の名物を売ろうとしていた三右衛門の目論見は、後釜として、是非とも上手く運びたいと思っていたからだ。そうあってこそ、他の香具師たちも新しい元締めのわたしについてくるというものだ。旅で過ごしてきたわたしにとって、名物語りなど難もなく、これが当たって人気が出た。喜んでいられなかったのは、わたしの噺に難癖をつける輩が出てきたことだ。素人芸に過ぎるというのだろうが、皆が楽しんで聞いているのだから文句はないだろうと思った。それでも東海道の名物への興味は充分掻き立てられたはずなので潮時と思い止めた。いよいよ、これは絶対しくじれない大仕事をものにしなければならなかったからだ。それもまた、三右衛門が手掛けていた、下山藩絡みの阿芙蓉売買の横流しだった。横流しとはいえ、ここから得られる利得は大きい。運よく弥助は三右衛門の脅しに屈して、阿芙蓉を背負ってくるはずの女二人を迎えに行く役目となった。途中で弥助は〝女たちは医事方が決めた取引相手である、鷲尾家の重臣に会うつもりのようだ。持ち物を探したが阿芙蓉は見つからない〟と言ってきた。それゆえ、わたしが芸人に化けるために借りていたあの場所で、隠しているはずの阿芙蓉の在処《ありか》を吐かせるつもりだった。それでこそ、闇の長だろう？」

言い終えた太夫はにやりとぞっとするような笑いを浮かべたという。

弥助はしきりに太夫に唆《そそのか》されてやったのだと言い続けたが、そんな言い訳で罪一等が減じられるはずもなく、二人とも直《ただ》ちに斬首《ざんしゅ》に処された。伊勢の丸山家にこの事実は一切知らされず、生前、太夫が望んだように無宿人として処刑されて後、弥助ともども三右衛門と同じ無縁塚に葬られた。

「折を見て山田奉行が兄の生死は不明と見做《みな》して、丸山家の次男を御師とする旨を伝えることだろう」

烏谷はさらりと言ってのけた。

佳代と名乗っていた下山藩勘定方榊原忠勝の娘杉乃は、

「三右衛門の脅し文句は〝お上とは自分たちがここへやってきただけで横流しを疑うものだ。どうせ疑われるならば、大人しく横流しに応じた方が得策なのだ。なに、証が残らぬようにする方法はいくらでもある〟というものでした。けれども、城代家老様は、〝あのような義を欠く脅しに乗ってはならない。鷲尾の家とわれらが良心に恥じない取引を行い続けることこそ、下山藩のため、領民のためである〟とおっしゃり、何とかして、鷲尾様を通じてこの事態を御公儀に訴えたいと考えたのです。当初は城代家老様が江戸の下山藩上屋敷へ何度も書状をしたためて送ったのですが、悉く使者たちは殺され書状は届きませんでした。そこで藩政の助けになってくれている三田家が江戸に行き慣れている娘のお佳代さんを、遊興を騙《かた》って使者にしてはという案を授けてくれました。有り難いお話でしたが、商人の案は受け入れたくないと武士の意地を主張する家臣もいて、わたしが佳代と名乗って藩命を帯び、江戸へ行くことになったのです。三田家の娘として。すると本物のお佳代が命がけの旅だというのに、自分は奉公人杉乃として付添うと言ってくれました。何とも有り難いことでした。弥助についても〝あの男は鋭い目をしていて、どこか虚ろ。用心しましょう〟と忠告してくれて、わたしたちは自分たちの真の出自も目的も決して明かしはしなかったのです」

切々と語った。

烏谷が仲立ちして鷲尾家重臣酒井重蔵《じゅうぞう》と佳代を名乗っていた榊原杉乃は会い、理路整然と事態を伝えて双方の誤解を解いた。酒井重蔵はこの経緯を医事方に告げ、何事もなかったことにして、船荷の阿芙蓉は万全な管理で医療に役立てられることとなった。この取引によって下山藩、鷲尾家は安定した財源を確保、家臣や領民たちが救われたことは言うまでもない。

——これが澪様が書き残していかれたことだったのだ。このためにと、三右衛門のような相手とよしみを通じていたのかもしれない——

季蔵は故人の策と明察に富んだ忠義を偲《しの》んだ。

そんな季蔵の許に箱根《はこね》の瑠璃から小さな小さな包みが届いた。中身は折り紙で作った蛍《ほたる》であった。両面を黒と赤に染めた薄くて張りのある折り紙が使われていて、蛍の六本ある足や上体の赤い背中まで、きっちりと一枚の折り紙で折り込まれている。

ふと思いついて季蔵はおしんから返してもらった瑠璃の紙花のうち、蛍の時季に見頃となる紫陽花の上にこの蛍を止まらせた。残してある金箔をほんの少々、削るようにして切り取って蛍の尻尾《しっぽ》を光らせてみる。

——瑠璃には〝蛍想い〟の菓子に託したわたしの気持ちが届いていたのだ。澪の森山様の言う通り、もうわたしたちに追っ手はかかるまい。当たり前の日々がこれほど待ち遠しく、美しかったとは——

〈参考文献〉

『江戸の旅とお伊勢参り』（洋泉社ＭＯＯＫ）
『聞き書　三重の食事』「日本の食生活全集24」（農村漁村文化協会）
『聞き書　山形の食事』「日本の食生活全集６」（農村漁村文化協会）
『伝え継ぐ日本の家庭料理　炊き込みご飯　おにぎり』　日本調理科学会企画・編集（農村漁村文化協会）
『伝え継ぐ日本の家庭料理　米のおやつともち』　日本調理科学会企画・編集（農村漁村文化協会）
『〝きよのさん〟と歩く江戸六百里』　金森敦子著（バジリコ）
『江戸三百藩』　山本明著（文芸社文庫）
『ヴィジュアル百科　江戸事情　第六巻　服飾編』　ＮＨＫデータ情報部編（雄山閣出版）
『江戸歌舞伎役者の〈食乱〉日記』　赤坂治績著（新潮新書）

時代小説文庫
わ 1-53

伊勢海老恋《いせえびこい》し　料理人季蔵捕物控《りょうりにんとしぞうとりものひかえ》

著者　和田《わだ》はつ子《こ》

2020年6月18日第一刷発行

発行者　角川春樹

発行所　株式会社 角川春樹事務所
〒102-0074 東京都千代田区九段南2-1-30 イタリア文化会館

電話　03(3263)5247［編集］　03(3263)5881［営業］

印刷・製本　中央精版印刷株式会社

フォーマット・デザイン&シンボルマーク　芦澤泰偉

ISBN978-4-7584-4347-0 C0193　

http://www.kadokawaharuki.co.jp/［営業］
fanmail@kadokawaharuki.co.jp［編集］　ご意見・ご感想をお寄せください。